我夢見截句

卡夫 著

截句

●

短短四行，承載生命不能說出的重

4 行詩

生命或重或輕，
詩或長或短，
都是一樣──
精彩

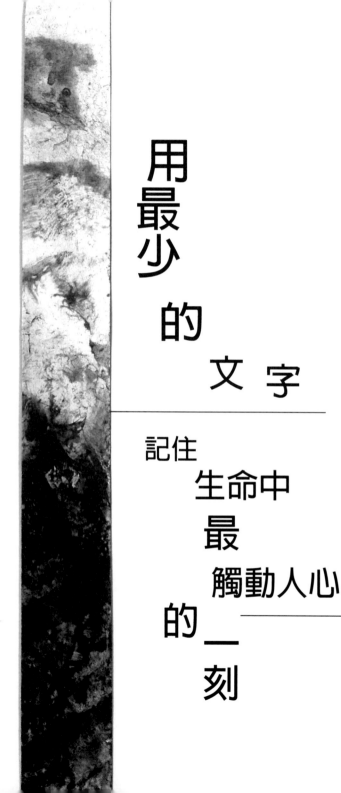

用最少的文字

記住生命中最觸動人心的一刻

【截句詩系第二輯總序】
「截句」

李瑞騰

　　上世紀的八十年代之初，我曾經寫過一本《水晶簾捲——絕句精華賞析》，挑選的絕句有七十餘首，注釋加賞析，前面並有一篇導言〈四行的內心世界〉，談絕句的基本構成：形象性、音樂性、意象性；論其四行的內心世界：感性的美之觀照、知性的批評行為。

　　三十餘年後，讀著臺灣詩學季刊社力推的「截句」，不免想起昔日閱讀和注析絕句的往事；重讀那篇導言，覺得二者在詩藝內涵上實有相通之處。但今之「截句」，非古之「截句」（截律之半），而是用其名的一種現代新文類。

　　探討「截句」作為一種文類的名與實，是很有意思的。首先，就其生成而言，「截句」從一首較長的詩中截取數句，通常是四行以內；後來詩人創作「截句」，寫成四行以內，其表現美學正如古之絕句。這等於說，今之「截句」有二種：一是「截」的，二是創作的。但不管如何，二者的篇幅皆短小，即四行以內，句絕而意不絕。

　　說來也是一件大事，去年臺灣詩學季刊社總共出版了13本個人截句詩集，並有一本新加坡卡夫的《截句選讀》、一本白靈編的《臺灣詩學截句選300首》；今年也將出版23本，有幾本華文地區的截句選，如《新華截句選》、《馬華截句選》、《菲華截句選》、《越華截句選》、《緬華截句選》等，另外有卡夫的《截句選讀二》、香港青年學者余境熹的《截竹為筒作笛吹：截句詩「誤讀」》、白靈又編了《魚跳：2018臉書截句300首》等，截句影響的版圖比前一年又拓展了不少。

　　同時，我們將在今年年底與東吳大學中文系合辦

「現代截句詩學研討會」，深化此一文類。如同古之
絕句，截句語近而情遙，極適合今天的網路新媒體，
我們相信會有更多人投身到這個園地來耕耘。

【序】奇妙醬：
卡夫截句詩集《我夢見》讀後

秦量扉

　　卡夫（杜文賢，1960- ）第二部截句詩集面世，輯一「我思・我夢」、輯二「我夢・我見」，令人想起尤利烏斯・凱撒（Julius Caesar, 100BC-44BC）給羅馬元老院的著名捷報：「我來，我見，我征服」（VENI VIDI VICI）。卡夫有「字淨空後　躺哪裡都是詩」（〈其實・不難〉）的頓悟，但更多時候，他自謙寫作如「刮淨血肉」，過程需搜腸刮肚，甚至自嘲有一枝「不舉的筆」（〈寫詩〉），難及凱撒長驅（軀？）直入、勢不可擋[1]。

---

[1]　余境熹（1985- ）引用容祖兒（1980- ）〈心淡〉的歌詞，以「來回地獄又折返人間」形容生病之苦，卡夫即回應謂「寫詩也如此　折磨」。

　　但凱撒在戰場上的一往無前，及其在盧比孔河畔的另一豪言：Alea iacta est（骰子已經擲下，只能繼續前進），亦令我想到「明確」和「單一」──這兩者均是卡夫截句詩所銳意「征服」的。他把骰子擲下，骰子卻永不停定，我說是「一」，你說是「零」，她說是「六」，他甚至說是「九」。莫衷一是嗎？這正是詩多義的魅力，反對帝制。

　　不舉點例，會被責怪咋不舉的。

　　且聊聊卡夫的「兩岸三地」組詩，其一〈香港・速寫〉云：「明明伸手不見五指 還要捉住黑 插進去 直到一陣陣心痛醒來」。我老友說：「鄧小平（鄧先聖，1904-97）承諾香港回歸祖國懷抱後，『馬照跑，舞照跳』。後一句話，江湖傳聞實為『雞照叫』的委婉說法。卡夫藉此發想，寫一名港人在『伸手不見五指』的昏黑房間嫖妓，『捉住』皮膚黝『黑』的北國佳麗，以陽物『插進』陰戶，發洩獸慾；可當那港男肉體滿足之際，精神空虛又湧上心頭──這種花錢裝大爺的日子還能有多少呢？神州大地一片好景，

經濟發展超前香港，住房更不用說，而自己在香港做牛做馬，還是搵朝唔得晚！想到這裡，自然虛榮感盡失，『一陣陣心痛醒來』。不是不許你香港人『雞照叫』，而是都沒底氣『雞照叫』了。」

　其二〈幻覺・台灣〉：「槍斃妳的聲音 妳在所有眼睛裡　啞了他們假設著 這世上只有他們一張嘴巴」。我老友續分析道：「這是寫『2016年中華民國總統選舉』，宋楚瑜（1942-）亂開玩笑：『要是在戒嚴時代，就把你們槍斃了；不過，我會特赦你們。』本想顯示親民，卻反而勾起大家對其黑歷史的負面回憶。試想像宋楚瑜一位罕見的年輕女支持者，她聽見這話，在旁人異樣的『眼睛』中，恐怕也得『啞了』，很難找甚麼替宋先生解圍的話。朱立倫（1961-）呢？同屬國民黨的胡筑生（1948-）、林郁方（1951-）、丁守中（1954-）連番失言，『朱立倫與演藝界有約』活動又有藝人喊出『年輕人懂個屁』來，彷彿『假設著 這世上只有他們一張嘴巴』，絲毫不用顧慮大眾感受，自然無法爭取最大程度的支

持。」然則卡夫是支持蔡英文（1956- ）了？我老友說：「那倒不是。〈香港‧速寫〉是香港前置，另外的〈中國‧印象〉也是中國前置，唯獨〈幻覺‧台灣〉把『幻覺』放在『台灣』前，暗示民進黨上台會好，純屬『幻覺』。卡夫在開地圖砲。」

　　其三〈中國‧印象〉這樣寫：「文字，揭竿起義後活活被埋在文字裡 成為精神病院裡語無倫次的 X 檔案」。我老友小聲說：「這裡講的，是中國的汶川大地震。『豆腐渣工程』連累在學幼童被『活埋』，家長們群情洶湧，上街請願，以『文字』表達訴求，『揭竿起義』式地向為政者追究責任；一些民間人士更自發整理遇難學生名單、調查工程問題，再轉發有關『文字』。他們的『文字』首先是被官方讚揚救災的其他『文字』覆蓋，『活活被埋在文字裡』；稍後，情緒激動的家長被斥為『精神病院』的失控者，連說話都『語無倫次』，而追查工程責任者更被開設『X檔案』，遭控以『煽動顛覆國家政權罪』，『起義』慘淡收場。」聽到這裡，我暗嘆卡夫大膽，老友

卻說：「不過，這首詩其實是反話正說。它的題目標明『印象』，實際批評的是外媒專挑負面消息來報導，企圖塑造中國政府草菅人命的虛假『印象』[2]。余秋雨（1946- ）在汶川地震後便曾撰文謂：『那些已經很長時間找不到反華借口的媒體又開始進行反華宣傳了……一些對中國人歷來不懷好意的人，正天天等著我們做錯一點甚麼呢。』」

　　以上我老友對「兩岸三地」系列詩作的解讀，與我所想差天共地，和正在讀此文的你應該也不一致，跟卡夫的原初想法更可能背道而馳。但不可否認，老友的詮釋確實建基於截句詩的文詞，而卡夫亦很歡迎這種以意創造的「誤讀」。卡夫只負責擲骰子，即使骰子向上一面不是他本來想要的點數，他倒也欣然接受——這是真正明瞭詩具複義的藝術家[3]。

---

[2]　似乎為了證明這一「誤讀」是對的，卡夫剛剛發帖說：「何謂真相？很多時候，我們只會相信自己看到的東西。可是換個角度的話，事實未必是我們看見的那樣。」他提醒我們，不要被刻板的「印象」蒙蔽。

[3]　從《我夢見》輯三大量收錄余境熹的「誤讀」可見，卡夫對各

　　受到老友的啟發、卡夫的鼓勵，我也隨興試釋
卡夫的幾首截句作品。《我夢見》中，「那孩子」系
列頗叫我喜歡，大概年輕時男子的靈性總因異性而高
揚，所謂「永恆之女性，引導我們上升」；但男人到
中年，就往往需靠天真無邪的兒子來洗滌飽經污染的
心靈了。卡夫〈你的眼睛〉寫道：

　　　閃動著像天使的翅膀，領我
　　　穿過擱淺已久的天空

　　　站在彩虹中，我的夢境變得
　　　年輕

　　孩子有如「天使」般純潔，引領心靈早已不像
「天空」般澄澈、思慮複雜、不敢在遼闊的「天空」
為夢想飛翔的父親重新踏上「彩虹」，讓後者「擱淺

　　種詮釋兼容並蓄，非常開放地接受不同的觀點。

已久」的頹唐心境，竟也能再一次「變得 年輕」起來。「誤讀」的版本嗎？湯瑪斯・曼（Thomas Mann, 1875-1955）《魂斷威尼斯》（*Death in Venice*）寫老作家愛上「閃動著像天使的翅膀」的美少年，「擱淺已久」的慾望便重新起飛，在同性之愛的「彩虹」裡，不獨「夢境變得年輕」，連裝扮也刻意想「年輕」一點，最後呢？不劇透了。

　　我還是小孩之時，父親出門，我在十七樓喊已下樓的他，父親聽見，就回頭上望十七層，與我說再見。後來我漸漸長成青年，跟父親說最多的一句話，卻是：「阿爸，八達通要增值。」[4]卡夫〈你的聲音〉道：

　　　我的時間充滿你的聲音

　　　長大後，記得沿著聲音找我

---

[4]　八達通卡類似新加坡的易通卡（eZLink）、臺灣的悠遊卡，為通用於香港的電子貨幣。不懂這些沒關係，有做權貴的潛質。

　　即使我聽不見喊聲

　　也心滿意足地啟程

　　他把「時間」都給孩子，孩子的哭聲、笑聲、吵鬧聲、讀書聲，聲聲入於耳，其「時間」自然是「充滿」了孩子的「聲音」。孩子長大，父親希望他「沿著聲音」，還「記得」父親當時和自己的親、對自己的好；但孩子即使像我那樣，和爸爸話愈來愈少，以致爸爸「聽不見喊聲」，慈父卡夫還是肯「心滿意足地啟程」，放飛孩子，任孩子獨立，而不求回報──這種放手讓孩子踏上自己道路的胸懷，今天我有十數名兒子，當然也深有所感。法蘭茲‧卡夫卡（Franz Kafka, 1883-1924）寫過〈十一個兒子〉（"Eleven Sons"），他應該也懂卡夫的。

　　〈你的眼睛〉和〈你的聲音〉談到小孩子，卡夫的〈童畫〉亦是富於童趣：

　　只有她敢在天空塗鴉

笑著說　雲髒了

天下雨了
她在給雲洗臉

　　向藍天「塗鴉」，說是「雲髒了」；到「天
下雨」，說是「給雲洗臉」，這些都是孩童的「誤
讀」、孩童的創意。香港的公開考試裡，卻有題目說
媽媽指鄰居晾出「髒」衣服，女兒去把自家的窗抹乾
淨，才發現「髒」的原來不是別人，而係自己的窗
戶，繼而問考生：應該「如何消除偏見」。其實換個
角度，題目中的媽媽是個保持童心的詩人，根本不必
消除「偏見」。肯尼・羅賓森（Ken Robinson, 1950-
）的演講〈學校扼殺了創意嗎？〉（"Do Schools Kill
Creativity?"）談的也是這個話題[5]。

---

[5]　我老友的意見與我不同，他說：「香港的民主派人士常常胡亂
　　攻擊政府，無端製造爭議，鎮日『在天空塗鴉』，然後卻出
　　來責怪『雲髒了』，反指香港政府令社會不和諧。到有功可
　　領時，他們又忙不迭走出來，說是自己功勞，彷彿天能『下

　　同樣是孩子，卻不一定有同樣幸福的命運。香港組合Shine的〈曼谷瑪利亞〉就唱過：「紅燈區　抬頭都不見星　遊人花幾百銖買她　一身純情　文華裡仍然高高興興　頑皮的她叫我用愛對天作證」，兩個都叫瑪利亞的人，一個在香港的高級酒店悠哉，一個在曼谷的街頭出賣肉體和鮮花。卡夫的〈落花〉寫道：

　　　　來不及美麗
　　　　風雨就來送葬

　　　　多麼想彎身對妳說回家了
　　　　可是，我不能

　　這首在《卡夫截句》裡原無最後一行，《我夢見》中重新綴上，詩意陡轉，頗能增加戲劇效果。詩

雨』，也是靠他們『給雲洗臉』。最近香港因受十號風球影響，教育局宣佈風後全港停課，民主黨便邀功說這是他們爭取得來的成果。卡夫詩的『她』，或是專指民主黨的黃碧雲（1959-）。」姑妄聽之。

寫的是異國雛妓「來不及」展開「美麗」人生，就因
生存的「風雨」而葬送掉純真；旅遊的卡夫與她碰
上，憐憫心起，本想「彎身」對她說要替她贖身，並
帶回家去照顧[6]，後來冷靜一想，哎，還是「不能」。
原因何在？參考石井光太（ISHII Kota, 1977- ）的記
錄，孟加拉首都達卡市的成年流民遊說小孩子賣春，
小孩子因而遇上有戀童癖的虐待狂，被拿針刺、打屁
股、抽血，有的陰戶還被塞進石頭，事後需要注射毒
品來止痛，但小孩子們仍視成年流民為家人，相處得
和和樂樂，甚至反過來安慰後者。石井光太大感疑
惑，嚮導卻說：「他們知道小孩必須出賣肉體才有飯
吃，也了解被擁抱的感覺很開心。而且，他們非得如
此才能生存。一切都是必要之惡。」[7]這種生態，倒不

---

[6]　這正正回應了〈曼谷瑪利亞〉所唱：「人人自鳴充滿熱情　看
　　對象是誰吧　愛不愛　我都可以關心一下」、「平時是誰得意
　　自豪　我最易動情吧　那位她　有沒有人　幫她一把」。

[7]　石井光太（ISHII Kota），《神遺棄的裸體──禁制的性，伊
　　斯蘭世界的另類觀察報告》（『神の棄てた裸体-イスラーム
　　の夜を歩く』），蔡昭儀譯（新北：大牌出版，2014）260。

是拿出錢來，就能令所有人滿足和幸福的。

　　另一個原因，更加直接，理應是妻子反對了。這很正常，並非寡恩——石井光太很同情被虐待的一位女孩子，女孩子卻在感受到石井的愛後要求與之發生關係；觀念上的差異，把石井嚇得無所措手足，卻仍知道勃起。為了防患於未然，卡夫妻子自然要中斷丈夫悲天憫人的詩家情懷。卡夫的〈她〉寫道：

　　　　看見她擠了進來
　　　　我的詩提早結束

　　詩人顧念眾生，妻子的介入卻讓詩人滿溢的關愛「提早」收攤，那不怕一萬、只怕萬一的婚外之戀如「詩」浪漫，也得提前打烊。如此看來，卡夫之妻也是位「截句詩人」，她不要的詩行、不要的後續發展，她會親手截掉，不許滋長。當然〈她〉亦可理解為：由於詩人有了美滿婚姻，精神生活無有匱乏，太過幸福，因而也難有文學創作的動機，「詩」只好

「提早結束」了。是的，詩窮而後工，詩少好老公。

　　卡夫不窮，所以有時靈感不找上門。那麼，就先看看別人的作品，吸收點養分去吧。《我夢見》中，有幾首截句詩便是從其他文學著作取經的。例如「那女子」系列的〈來生〉：

　　　　前世倚門而立的女子
　　　　今生從這門闖了進去

　　　　女子留下那雙繡花鞋
　　　　從另一扇門逃了出去

　　女子「倚門而立」，從前諒必依附於人，有所等待，今世卻「闖了進去」，選擇冒險，擺脫束縛，呈現一種巧妙的對比關係；連象徵傳統的「繡花鞋」，現在也要找一扇門「逃了出去」，覓尋新路，整首詩有著頗為明顯的、女性自主的味道。這一主調，結合題目，令我想及李碧華（李白，1959- ）顛覆傳統的

小說《潘金蓮之前世今生》[8]。無獨有偶，《金瓶梅》曾多次提及潘金蓮的「倚門」[9]，與卡夫〈來生〉的開場相似。那麼〈來生〉的「繡花鞋」呢？《金瓶梅》第四回王婆教西門慶去捏潘金蓮的「繡花鞋頭」，展開挑逗；第六回西門慶脫下金蓮「一隻繡花鞋兒，擎在手內，放一小杯酒在內，吃鞋杯耍子」，情興漸濃；第二十七回西門慶又將金蓮「紅繡花鞋兒摘取下來」，再把她拴在葡萄架上合歡，交接激烈；事後那「繡花鞋」輾轉落到陳敬濟之手，金蓮就又有了新的

---

[8]　限於篇幅，其分析請見胡慶雄、呂彧，〈悲劇的輪回──《潘金蓮之前世今生》「潘金蓮」形象新解〉，《世界華文文學論壇》3（2006）：65-68。

[9]　例如第二回：「芙蓉面，冰雪肌，生來娉婷年已笄。裊裊倚門餘。梅花半含蕊，似開還閉。初見簾邊，羞澀還留住；再過樓頭，款接多歡喜。行也宜，立也宜，坐也宜，偎傍更相宜。」第六回：「當日西門慶在婦人家盤桓至晚，欲回家，留了幾兩散碎銀子與婦人做盤纏。婦人再三輓留不住。西門慶帶上眼罩，出門去了。婦人下了帘子，關上大門，又和王婆吃了一回酒，才散。正是：倚門相送劉郎去，煙水桃花去路迷。」第十二回：「惟有潘金蓮這婦人，青春未及三十歲，慾火難禁一丈高。每日打扮的粉妝玉琢，皓齒朱唇，無日不在大門首倚門而望，只等到黃昏。」

婚外戀情……「繡花鞋」的情節落實了潘金蓮的蕩婦形象，《潘金蓮之前世今生》卻「逃了出去」，另闢蹊徑，改以「白球鞋」象徵潘金蓮轉世為單玉蓮後的單純。

　　卡夫「那女子」系列的另首詩作為〈植物園〉：

坐著　　　紅唇　　　躺著
仰著　　　花叢裡　　站著
輕輕按下快門
成為詩集裡不褪色的書籤

　　常言道「牡丹雖好，終須綠葉扶持」，而詩中的「紅唇」一片，卡夫動員了整座「植物園」來襯托，不可謂不大手筆。據卡夫形容，這女子在植物園的花叢中寫意地「坐」、「仰」、「站」、「躺」，一舉手一投足都有詩意的感覺，只要輕輕按下快門，就是亮麗、「不褪色」的一幀幀美照。西西（張彥，1938-）寫過一篇小說〈碗〉，主角葉蓁蓁在辭去教

師工作後，愛到動植物公園親近自然，或「坐」在長椅上吃乾麵包，或「仰」頭望樹、望天空，皆是自在寫意，自得其樂；她用肉眼的「快門」，詩意地記下各種動植物的特點，又拿來與腦海中書本雜誌裡的圖片相印證，眼前的七星楓、美洲虎，因而都變成「不褪色的書籤」。補充一下：如果把〈植物園〉視作一首圖象詩，它除了像綻放的植物外，其實也像一隻「碗」；而「那女子」這系列名，又與收錄〈碗〉的小說集《像我這樣的一個女子》相似。卡夫與西西之間，因而也有了微妙的聯繫。

　　這時記起老友解釋卡夫〈讀史〉，他說該詩也是取資於他人之作：

　　刺穿身體

　　血在黎明前流光

　　路就能亮起來

　　一條老蛇正好穿過五千年這一夜

　　老友云：「〈讀史〉的頭兩行寫不惜犧牲、流盡鮮血，乃對應魯迅（周樟壽，1881-1936）〈自題小像〉的末句『我以我血薦軒轅』。魯迅所處的環境，外有帝國主義的貪婪入侵，內有封建主義的殘暴統治，形勢黯淡，正如〈自題小像〉所寫，乃『風雨如磐暗故園』；與之相侔，卡夫盼望血『流光』後，『路就能亮起來』，為的便是驅除中國深重的陰風黑雨。可是〈讀史〉的最後一行，『蛇』出現了！在西方傳統中，牠是攫奪成果、使人不幸的象徵，如《吉爾伽美什史詩》（*Epic of Gilgamesh*）和《聖經》（*Holy Bible*）的『蛇』都令人失去永生。卡夫借用西方典故，指歷經『五千年』的中國在今日已無封建統治，卻猶有外國勢力虎視眈眈、從中作梗、陰謀破壞。帝國主義亡我之心不死，『讀史』之餘，更要提防當下。」他壓低嗓子補充：「明白這些，我們對卡夫的『叛亂時代』組詩，也可有截然不同的解釋了。」老友真是個高度政治化的人，但感謝他讓我看見卡夫截句詩如何兼容中西的故典。

　　〈詩念〉比較特別，可能還涉及粵語流行曲。
余城旭（1998- ）自私看2018年11月7日的「拉闊音樂
會」，見到了麥浚龍（麥允然，1984- ），這事令我
很羨慕嫉妒恨，不得不在此寫上一筆。〈詩念〉云：

　　　　心上加了一把鎖
　　　　時間蹲在那裡虎視眈眈

　　　　生鏽的鑰匙和鎖在裡頭的哭聲
　　　　一樣古老

　　如果仍從參照文學作品的角度去想，這首詩不難
與郭良蕙（1926-2013）《心鎖》的內容甚至該書被禁
的經歷互聯。由於《心鎖》在其發表的二十世紀六十
年代算是意識大膽，臺灣的行政機關和一些作家爭
著給它「加了一把鎖」，將之查禁，直至八十年代中
期才許其重新出版，逾二十年「時間」內，一直對之
「虎視眈眈」。《心鎖》被禁，書中所寫的女性情慾

仍是被社會「鎖在裡頭的哭聲」，不容公開討論；而
父權社會以「生鏽的鑰匙和鎖」──守舊的觀念──
制約女子，迫她們掙扎在道德的枷鎖下，這真是一個
「古老」卻不滅的現象呢。卡夫的《我夢見》詩集，
點算至此，實有李碧華、西西、郭良蕙的蹤影在。

　　到麥浚龍這邊，自然可提到〈耿耿於懷〉、〈念
念不忘〉等名曲。卡夫的「心上加了一把鎖」、「生
鏽的鑰匙和鎖在裡頭的哭聲」，對應〈耿耿於懷〉的
「生鏽的鎖不能開」和「鑰匙也折斷了　留在舊患所
在」；〈詩念〉的「時間蹲在那裡虎視眈眈」，對應
麥浚龍〈念念不忘〉所唱的「十年又過去」。確實是
十年過去，時間迫人遺忘所愛，麥浚龍卻喊出：「吻
過二十年還未寒　離去六十年仍熱燙」，他為舊情而
發出的「哭聲」，與時光一同變得「古老」，卻亦一
同不滅。卡夫詩時常向流行文化取經，舉凡動漫、電
玩、電影、歌曲等，皆入其詩囊之中，讀〈詩念〉
後，這方面的例子應該說是又增一首。

　　談起流行文化，初讀卡夫只有兩行的〈影子〉，

或許會想到《海賊王》（*One Piece*）的「恐怖三桅帆船篇」——月光‧摩利亞（ゲッコー‧モリア）剪掉別人的「影子」，再將「影子」植入屍體之中，就能讓死者回魂，變成臣服於自己的士兵。他企圖編組不死的殭屍軍團，借助外力，安安逸逸地登上海賊王的寶座，卻不料「在最靜的黑裡」，年紀輕輕的蒙其‧D‧魯夫（モンキー‧D‧ルフィ）竟敢對其發起挑戰。魯夫等人在大如島嶼的巨型帆船上大鬧特鬧，令摩利亞舉止失措；其他失去「影子」的人們由是「看見」希望之「光」徹夜「喧嘩」，就都挺身而出，與魯夫同討摩利亞。卡夫〈影子〉原詩謂：

　　在最靜的黑裡　　看見
　　光開始喧嘩

　　但日本不僅有二次元的動漫，更有近年火速崛起的「2.5次元舞台劇」。我所親歷的多場演出，就都能與卡夫〈影子〉疊合。例如幕張公演的《黑塔利亞

6

舞台劇FINAL LIVE》（*Hetalia FINAL LIVE ~A World in the Universe~*）開場時，背景音樂忽然停止，燈光全都關上，「在最靜的黑裡」，人山人海的觀眾立刻亮著手燈，發出歡呼，讓「光開始喧嘩」，大屏幕隨即播出長江崚行（NAGAE Ryoki, 1998- ）、上田悠介（UEDA Yūsuke, 1989- ）等主要演員耍帥的鏡頭，接著是各人的「影子」留在螢幕，其他舞蹈藝員的「影子」出現在前台，蓄勢待發，正劇馬上要展開[10]。

　　粵語有較粗鄙的提問方式，如「搞乜春」、「做乜春」，意思是「搞甚麼鬼」、「幹甚麼」。文雅一點，「春」可以令人想到「慶曆四年春，滕子京謫守巴陵郡」，可以令人想到「春，齊師伐我」，也可以令人想到深情獻唱〈Zombie〉的李宇春（1984- ），

---

[10] 另外杉江大志（SUGIE Taishi, 1992- ）初座長的舞台劇《高校星歌劇》（*High School Star Musical*）在演員們謝幕三次後，台上的主要燈光都被關掉，場地甚至播出請觀眾帶好隨身物品的提示，看來快要進入「最靜的黑」了，觀眾們卻仍不忍離去，持續鼓掌，結果杉江大志第四次出來謝幕，燈「光」再啟，北川尚弥（KITAGAWA Naoyo, 1995- ）更公主抱櫻井圭登（SAKURAI Keito, 1993- ）返場，惹來現場一陣陣「喧嘩」歡呼。

而我則想到陪兒子追了「2018春季番」的《男神執事團》（『Butlers～千年百年物語～』），浪費了十二週。卡夫的截句詩〈春〉亦有動漫電玩元素可供發揮，全篇謂：

　　　　走動的風裡甚麼都沒有，除了
　　　　若隱若現的春色

　　　　如果剝開風
　　　　我能不能看見全裸的妳

　　　直覺告訴我，這是寫《快打旋風》（*Street Fighter*）的高人氣女性角色春麗（チュン・リー）。春麗樣子甜美、身材驕人，所穿的藍色旗袍開衩及臀，煞是性感；當使出「空中百裂腳」、「回旋鶴腳蹴」等必殺技時，不獨會掀起一股「走動的風」，更讓小旗袍一同掀起，透出「若隱若現的春色」。少年人血氣方剛，一邊打電玩，一邊也對春麗充滿遐想，

構思「如果剝開風」，抹走「空中百裂腳」遮蔽重要
位置的腳風特效，也許便能「看見全裸」的春麗。妄
想。忘想。

　　卡夫的〈圍牆〉單看題目，不妨比附於卡夫卡的
《城堡》（*The Castle*），兩者均是所指不定的主題級
意象，若務必要一個精確的解釋，那就太泥太腐，也
限制了藝術的可能。先引卡夫的〈圍牆〉如下：

　　夢　墊高後
　　手　伸不出去
　　腳　四處在找眼睛

　　……

　　按卡夫卡寫過些耗子與貓的故事，〈小寓言〉
（"A Little Fable"）說耗子跑到兩面牆的中間，沒料
到牆壁卻忽然合攏起來，牠怕被逼得「手　伸不出

去」，只好落荒而逃，忙亂下竟誤入了貓的陷阱；中
譯本訂題為〈貓與鼠的對話〉這一篇裡，卡夫卡則寫
耗子對抓到自己的貓說：「你的眼睛好可怕。」貓故
作好心地表示給耗子一個轉身離開的機會，但誰都知
道，耗子的「腳」再快，畢竟快不過貓，無論使出多
大力氣，還是「四處在找眼睛」，處處躲不過貓追蹤
而至的可怕目光，最終必被一口吞下，在「……」的
小聲哀鳴中斷氣[11]。

　　我的一個兒子卻跟我提起BL漫畫，說某篇的男主
角視老師為「夢」中情人，於是躲在廁所的「牆」洞
後，「墊高」屁股，吸引老師來做奇奇怪怪的事，過
程中折騰得四肢抽搐，「手」都「伸不出去」；偏偏
原來老師沒來，在牆後的是位管雜物的老校工，男主
角恢復氣力後，就用「腳　四處在找」，最終在老校
工深藏曖昧神情的「眼睛」裡，得出了令自己失望的
真相。卡夫詩多有動漫元素，我兒子的這種解讀，又

---

[11] 葉廷芳編，《卡夫卡短篇傑作選》，再版（臺北：志文出版
社，2009）254-55。

讓《我夢見》與日本漫畫的聯繫增加一些，但卡夫和我確實都不懂[12]。

催動大家寫稿的是出版過散文集《慢活人生》的白靈（莊祖煌，1951- ）。他慈祥溫藹，暖男一名，反使人不好意思推卻，天南地北，於是都有截句詩付梓的佳音。據〈飛〉所示，卡夫曾趕稿趕得右手發麻，要用「左手拉直右手」，才能繼續「練習」書頁上「整晚」的「飛翔」。但此刻卡夫已經交稿，順利「給夢尋找出口」，我卻好像仍欠白靈許多。哎，唯有與潘港浩（1994- ）點兩份意式全餐，配一碟凱撒

---

[12] 我的另兩位兒子別有新解，一位說順接著《快打旋風》春麗的部分，〈圍牆〉寫的是某宅男「墊高」枕頭，學習Photoshop修圖技巧，真的想P走春麗的腳風，一睹美女的秘密花園；但後來道德的「圍牆」還是把他攔住，叫他克制自己，管束自己，以致「手　伸不出去」；唯獨「眼睛」的慾望猶在，忘不了緊盯春麗的美腿，在雪白的肌膚上「四處」游移。另一位孩子說，金庸（查良鏞，1924-2018）《神鵰俠侶》有小龍女遭甄志丙玷污的情節，甄志丙先將小龍女的頭「墊高」，方便親嘴；小龍女則因被點了穴，「手　伸不出去」，只得迎接受，無法推拒；到小龍女想看清來者何人時，能夠黑夜視物如同白晝的她卻因雙眼被布蒙著，以致「四處在找」，也看不見攀上自己身子那人的「眼睛」。他們的解讀，再次證明了卡夫詩的多義，詮釋時不必定於一尊。

沙律，加上卡夫奇妙醬[13]，定定驚。這時發現「截」句，原來又是趕及「截」稿之句了。

　　搖搖骰子，是為序。

13　奇妙醬（Miracle Whip）是食品公司卡夫亨氏（The Kraft Heinz Company）的產品。本篇的題目除了對應「卡夫奇妙醬」這個梗外，「醬」可解為「這樣」（合音）、「先生」（日語），意指卡夫截句「這樣奇妙」，在解讀上變化多端，而詩人堪稱「奇妙先生」，創意無窮。

【序】短短的雨線繡出的淚花──
我讀卡夫截句詩第二輯

離畢華

　　作詩難，所以作詩苦。從詩作中截出精華短句、或新創截句，何嘗不苦不難？揣著惶恐的心受命卡夫寫其第二輯截句詩之序，雖然季節已是立冬，卻伏在鍵盤前汗流浹背、搔斷白髮。

　　二十幾首截句何嗇於二十幾首長詩？因為每首截句都有獨特的生命，當然也就面目各異美醜不一，如人。集子分三輯，在輯一「我思‧我夢」中，可以見到一個知識分子／詩人對於家國的省思以及眷愛。前者如〈兩岸三地〉中詩人提及對香港、台灣和中國的質問和寄望，譬如寫香港的態勢是「明明伸手不見五指／還要捉住黑／插進去／直到一陣心痛」，寫出

在黯黑到不見五指的政局和世道當中，無力抗拒的無奈和悲哀，緣因於部分港人「西瓜偎大邊（台灣俗諺）」的心理和「吃乾抹淨、撤席走人」的流民根性，積累成香港時下現象。詩人使用「明明……還要」這種轉折筆法書明「壯士兮一去不復返」的悲壯身影，簡直淒涼！更悲哀的是，即便抵抗，卻只能用黑去破除嘿，且要用力地插進去。直抵心臟的劇痛可喚醒了純粹的、潔白的良知？沒啊，因為插進心臟的不也是一團黑麼?!

　　而大部分擁有寶貴而且堅實的「台灣意識」的台灣人，卻沉溺在五色令人目盲、五音令人耳聾的偏執輪迴裡面永不得超生，有眼睛的我就不能容忍發聲的嘴吧，要不就是有嘴吧的你極力想戳瞎我關注的炯炯雙眼。直到被讚譽為亞洲不沉的船艦的台灣島再度沉入台灣海峽的海溝，或許那些政客才會善罷甘休？這時台灣這個名詞已成為三百萬年以來[1]的海市蜃樓，猶

---

[1]　https://tw.answers.yahoo.com

如夢幻一場。身在海外的詩人隔著恰當的距離關注島內的變化，以「幻覺・台灣」簡單的四句寫出台灣歷年實況，或許，是旁觀者清吧，可，這也見出詩人冷靜客觀卻心熱的筆法來。

　　輯一裡自〈那女子〉到〈詩念〉共五首緊接在政治詩的後面，這種編排初覺突兀，轉念一想，這五首寫的大抵都是對家庭子女的憐惜眷愛，或也可以呈現「沒有國哪有家」，或說「沒有家哪來的國」這樣的一個概念，尤其兩相對照，顯出詩人的情性，他說，他孩子閃動著稚嫩的眼睛像是天使的翅膀，可以帶領曾經追逐像天空一般高的理想／夢想的為人父者重新定義「天空」，看著猶如第二個自己的孩子，詩人企盼的何只是恢復年輕而已，是那一份尚未追求到手的理想啊。〈那孩子〉這一首讀來有種哀樂中年的心境；更令人動容的是〈你的聲音〉，幼兒囍笑和牙牙學語的音聲填滿詩人的生活和生命，但是，你尚幼稚我卻即將老死，在心為你城找的同時，我也日漸老化，不可逆的生命現象是上帝刻意的設計還是玩笑作

弄？無可奈何的一個「生生不息」和輪迴，引發多少
詩人墨客的靈感、發出多少的悲嘆呢？這讓我想起拙
詩〈輪迴〉最末句：父親是一個被壽衣包裹的嬰兒，
熟睡在搖籃個棺槨[2]。若讀拙詩從作者自己出社會、結
婚生子到媳婦生子進而自己（父親）死亡這樣的一個
輪迴，用了六句長句，不如卡夫兄的〈你的聲音〉以
四個短句的形式藉聲音來連綰生命歷程的遞續，呈現
出父子間之情深，算是結構嚴謹形式優美情意深長的
佳作。兒子喚爹的聲音……

　　〈那女子〉、〈植物園〉和〈春〉當然可以依
字面意思解讀為詩人對如花美眷的愛與戀；可詩多歧
義，假設用屈原書寫楚辭的內層心理活動為發想，是
不是也可以將美人譬喻為時局當權者？而，植物園裡
的花色香氣是自己品性的顯露、倚門以待又欲走還留
（留下繡花鞋）的女子是詩人心中的神，主宰詩人一
切的主，猶如一國之君對於臣民（詩人）。〈那女

---

[2]　〈輪迴〉原詩刊於自由時報副刊，收入文花基金會贊助出版的
　　離畢華詩集《山中曆日》，頁27，春暉出版社。

子〉尚可多解：從倚門而立開始，進了這門又從另一扇門出走，穿越來世今生，這「門」具有十足的象徵意義，而「繡花鞋」則是啟動整首截句詩眼的鑰匙，或可細究玩味一番。〈那女子〉與〈說法〉兩首，都以門做樞紐，是故，由輯一讀至輯二，頗有往復迴旋的韻律感，就像讀〈以淚為名〉的的一、二片，如開宗明義所謂作詩難作詩苦所以「我的詩在淚水中活著」，又說「你生我為淚」，換句話說我就是淚，詩又在淚中活著，所以詩又等於是淚是我，思緒如此來來回回，教人悵甚。

　　詩人在分輯、制定輯名時也用了心思，輯一到輯二，因為日有所「思」而夜有所「夢」以致因有夢想而睜眼看清世態，這是流暢的；但細讀內容，發現有些施作的歸類應該可以再調整，例如「叛亂時代」可以接續在「兩岸三地」的詩之後，其餘劃到日常風情畫的範圍。詩人做如此的編排是擔心將此輯子標籤成政治類的詩而倍感閱讀的沉重提不起興趣吧。

　　輯二的叛亂時代，提到的人事物無非血與淚，陳

　　光誠「在最黑的深處」是諷刺人心之盲，合不上眼的李旺陽看到或看不到的黑則是一切美好、希望、期許俱皆滅絕的死亡的顏色。我們勇敢紀錄的這些對後人而言，已是史書，正如〈讀史〉裡所言為了讓後代子孫脫離黑暗擁有黎明踏上光明大道，是所有前行者的「血在黎明前流光」所致！雖然如此悲壯，然而歷史也重複地告訴我們前人倒下後必有後繼者，當然也有許多卑躬屈膝甘願伏服於塵土的渣人，因為穿過五千年而來的是一條死而不僵的蛇，所有的文字、文化揭竿而起仍然徒勞無功在嘶嘶吐信的毒蛇擺尾之下，文字還是「活活被埋在文字裡／成文精神病院裡語無倫次的／X檔案（輯一：中國・印象）」，從此淡出愚昧癡妄者的腦頁。這是知識份子的軟弱與悲哀。

　　詩人對於寫詩的用心實歷歷可見，唯努力的寫之前是認真的讀，閱讀之後必須加入理性與感性調味，最後變成詩人文字血肉和性格，這對於卡夫而言可謂綽綽；但同一主題（血、淚、花）在同一集子裡出現過多，例如關於「淚」的有：〈以淚為名〉三組、

〈懂得〉、以及那些有淚的意像的詩作；以「血」為主題的有：〈夢見〉、〈寫詩〉、把頭顱割下的〈我〉和充滿血的意象的部分，若不是詩人偷懶就是取巧，再或就是編輯的問題。也或許詩人嫻熟於靈感的捕捉，又恐靈光即逝，便在思維後直接噴發而出一筆而就，也就率性的不事文字詞句的煉鑄和形式的雕鑿，這種寫法當然見出詩人真性情，所以全本讀過禿短的句式呈現零星的意象和巨大的思維後，彷彿沐浴細細短短的軟針似的雨裡，不著意間就在誰人的衣裳上染出模樣，如花，似淚。

　　詩集中尚有數禎攝影作品，同樣出自詩人之心、眼和手，與文字同樣精彩。

　　祝福詩人此輯一出，可以讓淒冷的文學詩界與個人的志業「在最靜的黑裡／看見／光開始喧嘩（輯一：影子）」。

目　次

輯一｜我思・我夢

輯二｜我夢・我見

輯三｜**我看見**

我思・我夢

我夢見截句

杜文賢攝影

兩岸三地

香港・速寫

明明伸手不見五指

還要捉住黑　插進去

直到一陣陣心痛

醒來

我夢見截句

杜文賢攝影

幻覺・台灣

槍斃妳的聲音

妳在所有眼睛裡　　啞了

他們假設著

這世上只有他們一張嘴巴

我夢見_截句

中國‧印象

文字，揭竿而起後

活活被埋在文字裡

成為精神病院裡語無倫次的

Ｘ檔案

杜文賢攝影

那女子

來生

前世倚門而立的女子
今生從這門闖了進去

女子留下那雙繡花鞋
從另一扇門逃了出去

我夢見截句

杜文賢攝

植物園

坐著　紅唇　　躺著
仰著　花叢裡　站著
輕輕按下快門
成為詩集裡不褪色的書籤

那孩子

你的眼睛

閃動著像天使的翅膀，領我
穿過擱淺已久的天空

站在彩虹中，我的夢境變得
年輕

我夢見截句

杜文賢拍

你的聲音

我的時間充滿你的聲音

長大後，記得沿著聲音找我
即使我聽不見喊聲
也心滿意足地啟程

春

走動的風裡什麼都沒有，除了
若隱若現的春色

如果剝開風
我能不能看見全裸的妳

我夢見截句

杜文賢攝

圍牆

夢　墊高後

手　伸不出去

腳　四處在找眼睛

．．．．．．．．．．．．

我夢見截句

杜文賢攝影

影子

在最靜的黑裡　看見
光開始喧嘩

詩念

心上加了一把鎖

時間蹲在那裡虎視眈眈

生鏽的鑰匙和鎖在裡頭的哭聲

一樣古老

說法

轉世的門身後關上
也關住今生所有風雨

我執意留在黑夜裡
你對我無法可說

我夢見截句

輯

我夢・我見

二

叛亂時代

看不見黑暗的眼睛──陳光誠

夜封閉所有入口，要我
不能走近你
然而，在最黑的深處
一場光的暴動開始了

陳光誠（1971年- ）
盲人維權律師
（入獄：2006年 - 2010年，2012年成功出逃）

合不上的黑——李旺陽

黑或不黑，看見或不看見
你的眼睛沒人能合上

鮮血穿過你的黑
你才重被提起

李旺陽（1950年 - 2012年）

工人，1989年參與六四民運

（入獄：1989年 - 2000年／2001 - 2011年）

（2012年6月6日在醫院「自殺」身亡。）

椅子不空──劉曉波

所有人站了起來
你還是坐不上去

他們搶先入座，要你
相信椅子不存在

劉曉波（1955年 - 2017年）

作家，《零八憲章》主要起草人

（入獄：1989年 - 1991年／1995年 - 1999年／2009年 - 2020年）

（2017年7月13日病死獄中）

讀史

刺穿身體

血在黎明前流光

路就能亮起來

一條老蛇正好穿過五千年這一夜

手機狀態

懸浮

被流放在藍光之外
我學會隱形

只有眼睛一直懸浮
你我之間

驅逐

眼睛被眼睛驅逐出境
心徘徊在心之外

以淚為名

一

我的詩在淚水中苦著

二

你生我為淚
要我不再寫詩取悅悲傷

我夢見_截句

三

藏在眼裡

無非要我今生不用哭泣

真相

你說，黑翻過來是白
他說，白反過來未必是黑

在我左眼忽上、右眼忽下的是
藍與綠

祕密〔註〕

風以速度決定年齡

我穿上他的衣服
偽裝成翅膀

天空一直笑不停

〔註〕這首詩部分詩句引用自蕭蕭
　　　截句，〈風的年齡〉，「風
　　　以自己的速度決定年齡／百
　　　合只管向著月／笑不停」
　　　（見《蕭蕭截句》），頁72

啤酒

要說的話都灌進肚子裡

止住了一場風暴

從此日子變甜

懂得

風，無處停泊

大海收下所有掉下的淚
變得如此的鹹

落花

來不及美麗
風雨就來送葬

多麼想彎身對妳說回家了
可是，我不能

童畫

只有她敢在天空塗鴉

笑著說　雲髒了

天下雨了

她在給雲洗臉

軍旅二首

哨

左邊是一棵樹
樹的前面背著一管槍
槍注視著一個月亮

換班　一種風景轉移

我夢見_截句

巡

一陣風漫步而來
掀開掛在槍尖前的夜色
我偽裝成月亮
瞞過注視著的眼睛

輪

腰都駝起來了

還撐不住輾過的路

歲月一上一下

向東向南向西向北不停地轉

其實・不難

字淨空後

躺哪裡都是詩

夢見

詩

一

迎面來的文字如芒刺

驚醒後　渾身是血

摸摸自己

一半的身體還在夢裡

二
刮淨血肉
看見刺骨的文字

我繼續在夢裡
拿著不舉的筆自慰

我

把頭顱割下
伸手就撈起滿肚子屎話
塗鴉了整個孤島

滾動著的天空漸漸亮起來了

飛

一

左手拉直右手

整晚都在練習飛翔

我在給夢尋找出口

二

左手拉直右手

可以是一條河、一條路

我背著的十字架太沉重

長不成翅膀

夢

敲著我的眼睛
妳，比我更接近我

她

看見她擠了進來
我的詩提早結束

輯

————————— 我看見 —————————

三

弱水三千，只取一瓢飲
──評「卡夫截句」

江明樹

　　台灣現代詩流行小詩短詩不是自今日起，不停有人提倡，如羅青「小詩三百首」，一行詩，兩行詩，三行詩到向陽「十行詩」都有人實驗。最近幾年瓦歷斯諾幹「兩行詩」，「台客詩刊」在劉正偉，吳錡亮提倡下，從一行詩到十行詩的徵選佳作，不算小工程，參加者不少，千巖競秀，大約要入選，也得跟不少詩人詩作廝殺，因此，都是好幾百人參加的場面，也都掀起浪潮。

　　手頭上的各種詩刊，「吹鼓吹論壇」流行「截句」，是白靈、蕭蕭提倡，一下子風起雲湧，到處有人撰寫「截句」（雖有人不以為然），秀威在一段時

間即出版13本截句詩集，從「向明截句」到「卡夫截句」，亦呈現多面相，引人側目。

　　「卡夫截句」，在此中氛圍中出版，自有其意義。收錄54首，小評詩作：

〈如果〉

前世不是一把弓
今生怎能化身為箭
奮力拉開天地

哪裡是我的日月

　　「截句」通過濃縮技巧會比較凝鍊。通常原句，在十行以上來表現，那原作是敗作嗎？否則還要刪飾動作，若不是，此詩十七行，有單字的斜線而下，通常會有較細膩的連結與轉折，兩首字數行數不同，多行是贅句，不是，表現的張力，表現了另一種想像意境。弓箭合而為一，兩者器物會在一地，如果「哪裡是

我的日月」這是無方向的虛無，呈現另一種詩的張力。

〈鏡子〉

眼睛　用想也不能走進
只好假裝看不見

一綹長髮爬了出來
誰來認領

鏡子鏡像，最多詩人表現，此詩，也探索幽微的毛髮，以小喻大地辯證歲月滄桑，鏡子都抓得到每一個刻痕，四行詩張力顯然。有關鏡子詩，可讀蓉子「我的粧鏡是一隻弓背的貓」，膾炙人口。

〈56歲〉

我的一生　　翻來覆去
逃不出一張手掌之外

攤開來　　　千萬條河
我要在哪裡棄舟上岸

　　作者56歲的詩，強調生命滄桑，手掌如年輪刻
劃歲月，翻掌之難易，如人飲水自知，是否尋著自己
的道路行走呢？「我要在哪裡棄舟上岸」，此岸到彼
岸，走了一生。

〈仙人掌〉

如排列的墓碑　　註定蒼涼

不死是天生的悲哀
堅強是硬撐的謊言

你是世上最後的誓言

〈我的玫瑰〉

讓我緊緊抱著妳
刺　就不見了

血流乾了
我的心比妳紅

　　仙人掌有刺，玫瑰有刺。擬人化的結果是互相擁抱都刺傷對方，誓言如謊言經不起考驗，互愛對方，互相折磨，「血流乾了／我的心比妳紅」，顯然作者描述這些情愛有深刻的感懷。若要更進一步探索，找卡夫精彩小說「我這濫男人」一讀，便可進一不了然。

〈之間〉

眼睛躺在眼睛裡，小了
世界看在世界裡，近了
聲音擠在聲音裡，輕了

時間聽在時間裡，遠了

〈後來〉

爸！爸！

窗外的風聲　應聲離去
我放下筆，淚流成行

〈要是你不來〉

一無所有的天空
如何飛出憂鬱無盡的夜

冬天的距離
如何會有貪婪的期盼

〈之間〉、〈後來〉與〈要是你不來〉三首合讀

較有趣味。新加坡詩人卡夫近年來，年年來台，台灣
成為其第二故鄉。「野薑花」同仁的他攜帶家人與台
灣同仁共餐遊玩，而每回都帶大公子杜一諾與同仁打
成一片，熱鬧滾滾，彷彿成一家人。後來，又添加新
成員寶貝蛋，大家在網路看寶寶他呱呱墜地，然後成
長，網路出現的一舉一動讓大家好奇窺探，古錐可愛
的肥胖樣。回溯人出生的過程，當嬰兒出生時，他們
的心智還在發展的過程中，而腦部海馬迴會因經驗的
累積而快速發育，由嬰孩再到孩童，累積大腦運作。
其中充滿啼哭歡笑交織情況，這三首詩，說明瞇眼張
眼或牙牙學語叫爸媽，令當詩人父親感動，父子親情
的自然反應。「要是你不來」印證孩子出生的樂趣無
比，也許其中參雜婚姻生活的磨合與煩惱哩。

〈末日〉

　槍管多長
　我的黑夜就多深

血就流多遠

影子　也不留下

〈子彈〉原作

槍管能有多長

離你就有多遠

從此　　身不由己

走上不歸路

　　作者喜愛用「血」元素表達，較能滲透詩意象，就像洛夫喜用強烈的「咆哮」，蘇紹連喜用「眼淚」等，也頗能表現那種深刻意境。原作與截句比較，筆者喜歡原作，子彈到不歸路，會聯想到電影「狼之輓歌」「我倆沒有明天」。原作顯然比截句精彩。

〈椅子不空──致劉曉波〉

所有人站了起來

你還是坐不下去

他們搶先入座
你相信　椅子不存在

　　劉曉波的「零八憲章」，爭取話語權，被關到死。生前，諾貝爾和平獎頒給他，官方拒絕他出國到瑞典領獎。習近平開時代倒車，掌權總書記當到死，實現所謂強國夢，成為「毛澤東第二」。主辦單位空一張椅子，諷刺中共霸權體制，但封不住全世界人權的聲援，居然被關到死。「要你相信／椅子不存在」，反諷獨裁體制的惡行，馨竹難書。

　　〈撐傘的哀傷〉原作

為了尋找一條在冬天不會冷凍的河
我離開母親
提一把刀

兩壺酒和一盞燈

走進冰封森林裡

狂舞的白雪

埋葬了來時的腳步

就像凍結體內血管般

冷藏我的歷史

我走在一個失去記憶的世界裡

看見許多凍僵屍體

或東或西躺著

如此寒冷天氣裡

除了一盞燈

一把刀

什麼都沒有

斷奶後喝酒不是唯一辦法

為了守住這盞燈

　　左手的刀

　　刺右手的掌

　　喝自己的血⋯⋯

　　這是一首好詩，筆者無疑是欣賞的。作者為了截句變成〈為了尋找一條在冬天不會冷凍的河〉：

　　左手的刀

　　　　　　刺

　　　　　　右手的掌

　　　　　　　　喝自己的血⋯⋯

　　兩首並讀，作者在原作鋪陳的詩行詩句，引導讀者進入作者訴求的情境，頗有挖掘內在世界的某些深度，佳句「左手的刀／刺右手的掌／喝自己的血⋯⋯」，落到截句，以第一航標題「為了尋找一條在冬天不會冷凍的河」，連結，問題是連結的頗牽強，比洛夫的晦澀詩還難意會。如四個桌面分

ABCD，意向是從A到B，這沒問題，到C就勉強，到D誠不可思議的猜謎。

卡夫的說法：許多原本以為很滿意的作品，一截之後，竟然發現有如此大的修改空間。筆者的看法：可能是，可能不是，詩有暗示、象徵、比喻、跳接、轉折，拼貼，複合，矛盾等手法，網路詩之後，一些實驗詩已溢出詩軌道。關於截句，標題兩字三字到五字，若寫四行截句，表現詩之張力，給讀者想像空間較大。若又臭又長的標題，靠四行截句，通常力有未逮。

筆者是截句的中庸派，認為純實驗性質是OK的，如贊同蘇紹連「無意象詩」，尚可實驗發展到何種情況，這是多元現代詩發展的必然道路。截句是原作再內化的濃縮嗎？那原作不夠凝鍊嗎？不得不這樣想。但若截句到太晦澀、太艱澀也不是頂可取的。「弱水三千，只取一瓢飲」，恰是這樣的絕景，愛與不愛，欣賞不欣賞，只能悉聽尊便。

曠野
——讀《卡夫截句》心得略記

離畢華

　　前時卡夫贈我一書名《我不再活著》的詩集，讀著讀著，從中讀出一些我未曾觸及的夢和難以言宣的祕密。既是未曾觸及復又難以言宣，就讓那些心緒擱在心裡。卡夫再次寄來說是詩卻不全然是詩然而又裹著詩味、對我而言猶似異國風味餐的「截句」。

　　自己年少時即作詩，之前無問古體、近體詩作全盤囫圇吞棗，吞的還不只棗子，其他甜美苦澀之果也狼吞虎嚥。且日夜精煉文辭，為求一個對的字能夠擺在句式中對的位置。又要疊床架屋，然後拆解或增建，務求城廓堅固並偉岸。作成總要反覆吟讀誦唸，直到順口……。總之，自己折磨自己。如是四十餘年。

在這樣的養成下，所謂新文體的截句對我而言就一個「新」字，正是前述品嘗異國風味餐的的感覺；再者斷然一「截」，我只喊疼，因為在臉書上欣賞諸家截句，較之原詩，還是原詩多有文諧語調、氣理通順，儼然為詩之作啊。

卡夫錯眼亂點鴛鴦譜，令我奏上讀後感，雖說已讀過一遍，立即再讀一遍寫下心得感想以繳交作業。書前有序且文中有評有建議，因為自己十分受教，習慣廣納百川，十分容易臣服於大家之言，故我一向掠過，以提出一己真誠的管見。

順著自己在書中所做的記號，在此再次草率的筆之記之聊當茶餘。第一首〈我〉，三行，將作者心性和志向都說清楚了，可是對所謂自己的「真面目」或還在世情的薄霧中摸索，這個感覺來自最後一句「一群飛鳥掠過耳邊」，試想，當一個人躺下，不論是短暫的休息或長眠，必然是絕對的孤獨，這是叩問生命的生滅，但是，人必須直立大地並承受蒼天之寬大和壓力，這是人的命題，更是一世人的功課，此截句在

這裡轉筆一寫，寫出身為人的膽識和責任的承擔。一橫一直有如十字架的視覺圖像（Visual image），算是隱喻。全首至此若已領悟「我」係何物，那麼，耳邊雖有群鳥飛過也不至於聽到任何聲響，不會被外境所移。「掠過」總讓人覺得聽到撲翅的聲音，若是像風或雲一樣悄然無息「滑過」，即顯出作者探求真面目的答案了。這是遣詞用字上的考量。

〈痛〉的原作怎麼讀著都覺得比截句好，七句詩極具戲劇效果的讓讀者順著字句開展彷彿聆聽一則悲劇故事、或一曲悲愴雄渾的交響樂，而，這是活生生在現世搬演的人間情事！幕啟了，主角「不過點亮一盞燈」，不過是點亮一盞燈光讓人民免除對黑暗的恐懼，但是「所有的槍舉起」！至於嗎？一個憂國憂民卻手無縛雞之力的知識份子想要將胸藏鬱積大力吐出卻深感客觀環境的險峻而不能，這種無力感就像身處「找不到門窗的房間」，無有出口，但悲憤已不言而宣。尤其句尾幾個單音節的字如「燈」、「驚」、「燈」、「痛」、「間」等，讀起來鏗鏘有力，痛快！

　　這類作品在本書裡有很多，譬如〈巡〉、〈主義〉、〈真相〉、〈瞄〉、〈末路〉等，短段幾行，講的卻是大時代的故事，可以見出作者關心時事，心懷家國之憂，不再將詩藝拘促在一己自身的小愛小恨，這當然使作者擴大詩的國境而能自在馳騁；如若無法駕馭詭譎多變的文字，怕也如脫韁野馬，幸好作者尚無此種窘態。

　　卡夫不但無此脫韁無序之態，甚而能在形式上別創一格，試舉〈巡〉一詩來談，形式上要另立新意實非難事，難在難於形式經由視覺傳導進入腦頁，思想開始運作，從所見中得到全體「意義（significance）」的總和，也就是說要能將這個意義圓滿整首詩。詩中將「一左一右」分置一左一右，中間夾入「刺刀」，一「挑開（也是一左一右）」宛如胸膛或者肚腹被次刀劃破挑開，如此血淋淋的畫面，作者以神妙之筆，夾敘一句被挑開的是「路上夜色」。路上的夜色為何會被刺刀一左一右挑開？關鍵字在「刺刀」這兩字。因為，一般社會事件的兇殺會刻意去找一把軍用刺刀

嗎？只有軍隊在進行巷戰之前才會上刺刀，再加上「夜色」這個時間點，除表現侵略者如鼠的夜行、也營造肅殺的恐怖氣氛。顯見這是侵略者的鐵蹄踏入家園城鎮的寫實畫面。

　　前文提及詩之原作較之截句，在意象、鋪排、組構等等都勝過截出之句，例舉〈此後〉這一篇，第128頁的原作的確比截句好。但在〈信念〉這一截句卻出奇的比原作更凝鍊，它說「腳夢見飛鳥」，這是詩人特有的玄想天賦，一向貼地移動的腳板，要如何能加裝翅膀呢？唯有「想像（imagination）」，而且「只有眼睛可以理解」，這不正是說明作者「眼界」之高之廣之無限嗎？但即便有此鴻鵠之高志，仍知道要「合十」，合十意謂「對合左右雙掌及十指，已表示自心專一不敢散亂的一種敬禮」，這是需要學習的，而作者「學會」了謙卑，當然就「不再和走獸賽跑」，遑論及井蛙和夏蟲?!這是作者堅持的「信念（詩題）」，看，從詩題以迄一字一句再達全篇無一贅字和賣弄、以及文字的虛妄弔詭，尤其「走獸」兩

字罵得大快我心！

　　書中不乏探問生命和時間的大哉問。常有人諷譏詩人的探問議題不過是只看到問題卻不直接說出自己探研所得的答案，作者不慍不火，只答說「反正我是向晚的黃昏（這樣就過了一天）」，夕陽無限好，只是近黃昏的千古佳句，之所以能流傳至今，其中一個因素是字詞不悲不傷，尤其態度不傲高、不低卑，詩人只遠眺。〈三生〉只有三句，翹翹板不是幼童玩具嗎？可它卻是夕陽無限好的成年人的兩端，且是白髮老人。三句說完人的一生，何庸奢言三生？

　　生命，或者說是人生，都一個樣，以色相纏人以塵之磨之，你以為你掙脫得了？你誤以為你一輩子過過自然得到大哉問的醍醐解答，終究獨立曠野，而，「哪裡才是我的曠野呢？」

從動漫截出的快樂時光：
卡夫截句詩「誤讀」

余境熹

　　卡夫寄來《卡夫截句》，加上之前我在《臺灣詩學截句選300首》中看到的，大概可以說：卡夫的截句與日本動漫有所聯繫，兩者可以比附合觀。

　　舉例來說，可與《海賊王》（*One Piece*）合讀的，包括〈玫瑰〉和〈為了尋找一條在冬天不會冷凍的河〉。先是〈玫瑰〉：

　　讓我緊抱著
　　身上就不再有刺
　　血流完了
　　心還是比妳紅

　　這首最初令我想到《海賊王》裡的女殺手Miss雙手指（ミス・ダブルフィンガー），可她卻是「荊棘果實」能力者，不是「玫瑰」，所以同作拿玫瑰花的卡文迪許（キャベンディッシュ）比較靠譜。卡文迪許像是玫瑰，外表俊美，底下卻有帶「刺」的人格，一睡著，就會變成不分敵我的嗜殺者，唯有妮可・羅賓（ニコ・ロビン）用果實能力將他「緊抱著」，是唯一在戰場上制住其身體的人。大戰結束，「血流完了」，超愛出風頭的卡文迪許「心」裡一定想：「還是比妳紅」，認為自己比羅賓更出彩吧！

　　〈為了尋找一條在冬天不會冷凍的河〉則與美艷的「海賊女帝」波雅・漢考克（ボア・ハンコック）有關：

　　　　左手的刀

　　　　　　刺

　　　　　右手的掌

　　　　　　　喝自己的血……

　　為了與最強海賊「白鬍子」決戰，海軍本部徵集包括漢考克在內的所有「王下七武海」趕赴戰場。漢考克卻心高氣傲，不願順從海軍，乃至對前來交涉的海軍中將飛鼠（モモンガ）出手，以「迷戀果實」的能力石化其全部下屬。為了抵抗漢考克的能力，飛鼠唯有「左手取刀／刺／右手的掌」，以流血的痛抑止對女帝的動心。當漢考克說飛鼠已成光杆司令時，飛鼠卻堅持著成為「在冬天不會冷凍的河」，未有失去行動能力，保住其部隊不至全軍覆沒。

　　卡夫不只注視《海賊王》的劇情，也留意與之相關的新聞。〈56歲〉便是寫一位登上報紙的「海賊迷」：

　　　　我的一生　　翻來覆去
　　　　逃不出一張手掌之外

　　　　攤開來　　千萬條河
　　　　我要在哪裡棄舟上岸

　　2014年6月新聞報導，當時56歲的廣告設計公司老闆鄭國鐘（1958- ）一再收看《海賊王》動畫重播，「翻來覆去／逃不出一張手掌」，還每每看得手舞足蹈。他模仿原作者的「一張手掌」，將鹽埔鄉高朗村小巷民宅的牆壁「攤開」成畫布，繪上了巨幅彩色《海賊王》畫，令動漫中人離海「上岸」，高朗村也迅速走紅。

　　但跟《海賊王》相比，卡夫寫截句詩似乎更喜與《獵人》（*HUNTER × HUNTER*）連結，例如〈在路上〉：

　　　時間串起所有淚珠
　　　惟詩，方可打結

　　雖然只短短兩行，但無礙熟悉《獵人》的讀者認出「友克鑫篇」的情節。（A）「時間」：在預言詩裡，「幻影旅團」的十二位團員以月份為代號；（B）「淚珠」：團員窩金（ウボォーギン）被鎖鏈

殺手刺穿心臟死亡，團長與其他團員都甚覺悲傷，窩金的好友信長・羽間（ノブナガ＝ハザマ）更是忍不住痛哭落淚；（Ｃ）「詩」：團長於是向鎖鏈殺手所屬的黑幫反擊，讓團員大肆屠戮，以槍炮、死者的呻吟為窩金的「安魂曲」，為悲傷「打結」。

〈老兵不死〉這樣寫：

…不需問

……不許問

………不該問

活著只能坐在方格子裡　　等

在「嵌合蟻篇」中，主角找尼飛彼多（ネフェルピトー）復仇，沒料到彼多其時正在勞神治療他人，令一心秉持正義的主角內心波動不已。然而，仇不可不報，主角於是制止彼多再多言──「不需問／不許問／不該問」──限她在十分鐘內治好傷患，自己則

「坐在方格子」的地磚上「等」——這段時間，亦即
彼多仍可「活著」的最後時光。順帶一提，主角是為
朋友凱特（カイト）的死而找彼多麻煩的，凱特卻其
實擁有類似記憶轉生的能力，對應卡夫標題的「老兵
不死」。

　　當主角威壓彼多時，嵌合蟻王的另一護衛梟亞普
夫（シャウアプフ）來到了現場。可是，彼多卻要求
普夫別再近前，以免主角出手殺害傷患；普夫不解，
猶想另有舉動，主角已命令他閉嘴，不准再前進一
步，亦不可後退一步，要普夫就這樣立在原地。卡夫
在一行的〈時間坐在時間裡忘記時間〉記道：

　　　　不可擅越，一步即成孤獨

　　是啊，一旦因為普夫而使傷患死去，嵌合蟻王
必定怪罪下來，而崇愛蟻王至不能自拔的普夫屆時必
「孤獨」欲絕；不說那麼遠，普夫胡亂出手，要面對
彼多的制約、主角的反擊，情勢也是「孤獨」的。

　　嵌合蟻討伐戰結束後，《獵人》的主角終於得見他尋覓多時的父親。尋覓父親本是冒險故事，也是動漫作品的老套，而《獵人》罕有地讓主角子父在情節發展的中段相認，讓主角拾回從未親歷過的親情，場面頗為感人。難怪卡夫讀時也熱淚縱橫，〈後來〉說：

爸！爸！

窗外的風聲　應聲離去
我放下筆，淚流成行

　　大戰的「風雨」到此時煙消雲散，獵人協會會長和蟻王、彼多等重要角色之死固然震撼，但卡夫只記住主角父子碰頭的一幕幕，感動得筆也放下，只顧流淚。是啊，卡夫詩人，也是個爸爸。
　　卡夫的截句詩除扣合《海賊王》和《獵人》外，亦與其他動漫作品存著關聯，如〈瞄〉即可與《Code Geass 反叛的魯路修》（『コードギアス 反逆のルル

ーシュ』）合讀：

　　右眼是一顆子彈
　　上膛了

　　一個一個一個一個
　　倒地了

　　男主角魯路修・Vi・不列顛尼亞（ルルーシュ・
ヴィ・ブリタニア）與C.C.（シー・ツー）訂立契
約，得到了GEASS的力量，只要直視對方眼睛，就
能下達對方必須絕對遵從的命令。魯路修第一次使用
該能力，便是吩咐威脅自己的軍人舉槍自盡，讓他們
在「子彈」的打擊下，「一個一個一個一個／倒地
了」。不過，魯路修最初用的其實是「左眼」，到後
來才一併開啟了「右眼」的能力。
　　卡夫的〈仙人掌〉則是與我很喜歡的《隱之王》
（『隱の王』）扣連甚緊：

如排列的墓碑　註定蒼涼

不死是天生的悲哀
堅強是硬撐的謊言

你是世上最後的誓言

　　這四行其實都可統合在漫畫版六條壬晴（ろくじ
ょう みはる）與宵風（よいて）的故事裡，但仔細
看，每行各有可對應的動畫細節：（A）清水家因內
鬥而近乎全滅，成排「墓碑」，最後加入反叛「灰狼
眾」而死的清水雷光（しみず らいこう），再無男性
遺留，註定「蒼涼」；（B）相澤虹一（あいざわ こ
ういち）和黑岡野詩縞（くろおかの しじま）被秘
術「森羅萬象」奪去了「死」，因而自江戶時期存活
至今，最大願望是結束「不死」的「悲哀」；（C）
老師封印了十年前「森羅萬象」爭奪戰的記憶，不告
訴壬晴任何細節，只一味吩咐後者不可發動「森羅萬

象」，令無端陷入各方爭逐、為殺戮所驚嚇的壬晴直接表示「堅強是硬撐的謊言」，無法再接受老師的規劃；（D）壬晴和老師愈走愈遠，更由於他與宵風互訂「誓言」──趕在宵風死去之前，壬晴要能夠使用「森羅萬象」，以抹消宵風存在的痕跡。動畫中人追逐「森羅萬象」，卡夫選取的情節也星羅棋布。

　　《卡夫截句》的「輯三」收有兩首組詩──〈髮的紀事〉及〈香港高樓〉。〈香港高樓〉我已「誤讀」過了，這裡補充我對〈髮的紀事〉的看法。愚以為，〈髮的紀事〉應該取材自卡夫尤其重視的《獵人》。第一章「髮的印象」謂：

　　　纏住那等待釋放的眼睛
　　　風裡　把我
　　　盪來
　　　盪去

　　詩人所描摹的，是一位名叫龐姆・西貝利亞（パ

ーム＝シベリア）的角色。她一頭凌亂的長髮「纏住」整張臉，瘦削身形彷彿在風裡「盪來／盪去」，形象恐怖，看見的人難免感到害怕。她的特別能力是「寂寞深海魚」，發動時額上會多了隻「等待釋放的眼睛」，通過它，即可隨時觀察目標對象。

組詩第二章「髮之戀」謂：

　路　越走越蕩漾

　站著　也很淫蕩

　妳不在乎

　任我香氣中消散

龐姆一度與《獵人》主角小傑・富力士（ゴン＝フリークス）談戀愛，及後又恨起小傑，要將他抹殺。當她帶著利器「蕩漾」著跑去找小傑時，不意在路上遇到師父諾布（ノヴ），並陶醉在後者的英俊、優雅中，心潮起伏，以致連「站著　也很淫蕩」。這時小傑真可以鬆一口氣：「妳不在乎／任我香氣中消

散」。要是龐姆纏擾小傑，小傑即使不死，也逃不開
龐姆散發的噁心怨氣。

　　最後是其三「像我這樣迷戀長髮的一個男子」：

　　　整個下午都在髮裡流浪
　　　等待風起
　　　捲我　上岸

　　讓讀者驚奇的是，龐姆只要稍加打扮，便是一
位美女，甚教男子「迷戀」。在嵌合蟻討伐戰中，漂
亮的龐姆遭蟻王軍俘虜，並經改造，開始了在敵對陣
營的「流浪」。其間，龐姆開發了新的技能，當念力
發動，便會「風起」，令頭髮「捲」束著全身，形成
防衛戰甲；而由於有了戰甲保護，龐姆可放心蓄力出
拳，由錯誤開發能力的泥沼重新「上岸」，轉為使用
天賦極高的強化系戰技。

　　綜觀這三章，可見整首〈髮的紀事〉都是繞著以
「髮」為特徵的龐姆來寫，卡夫對《獵人》的愛，真

是「截」也「截」不斷。而動漫，也貫穿在卡夫的截
句詩中。

　　我曾問卡夫，卡夫說他會陪孩子看動畫漫畫，他
自己也愛看——有這位爸爸，孩子真是快樂又幸福。
反過來想，未來孩子仍會常跟自己介紹新的動漫，卡
夫的創作靈感不虞匱乏，也是既幸福，又快樂吧！

＿＿＿＿＿＿＿：
〈我〉的「誤讀」

余境熹

　　這篇是「誤讀」。這篇是……不重複三次了。

　　卡夫《卡夫截句》詳細記錄了詩友對〈我〉的點評與修改，其原作僅一行，為：

　　　躺下是一座孤島

　　劉正偉（1967- ）評論說：「寫得好，寫每個人都有的孤寂感。或徹夜難眠失眠的苦……孤島，也是新加坡，所以隱喻又多了一層。」發掘出詩的數種可能，目光不可謂不銳利。我弟弟的小補充：詩寫的是＿＿＿＿＿＿＿＿＿＿（請填上要好朋友的名字）很

胖，一躺下來，肚子鼓鼓，就像一座島，雙腳不用說自然是完全看不見的，於是便有了「孤」的感覺。

蕭蕭（蕭水順，1947- ）則調侃：「站著呢？」於是卡夫做了第一番修改：

> 躺下是一座孤島
> 站起來是一片海

我的理解：＿＿＿＿＿＿＿＿＿＿＿（請填上男神的名字）從前很低調，「躺」在深閨人不識，猶如「一座孤島」；後來一冒起，好多人都為他墜入情海，遍地濕。就像《神鵰俠侶》的楊過，離開古墓以前是「孤島」，之後呢？一見楊過誤終身，贏得芳心無數。

蕭蕭認為上述修改中，「孤島與海，意象太近」，於是提議修改成：

> 躺下是一座孤島
> 站起來，天風從我脅下竄出

　　以天風只能竄過脅下，側面寫出「我」站起來之高，與李白（701-762）「黃鶴之飛尚不得過」、杜甫（712-770）「盪胸生層雲」等頗相呼應，就自然景觀論，是極有氣勢的。

　　我的弟弟卻認為，蕭蕭其實是不滿卡夫筆下的「我」由胖子忽然翻身變俊男。他說，〈我〉是首喻人之作，蕭蕭的真意是：＿＿＿＿＿＿＿＿＿＿（請填上要好朋友的名字，可以跟剛才的一樣）不僅躺下來肚子漲圓，站起時，抬著手，脅下更有狐臭「竄出」；趙秉文（1159-1232）曾謂「天風吹衣毛骨冷」，那男生的狐臭也是叫人毛骨悚然的。

　　我不同意。蕭蕭連出版的詩集也叫《天風落款的地方》，這麼喜歡，不可能用「天風」作貶義的。引用周燕婷（1962- ）的詩，我說：「『偶得天風顧，常思魚水親。』蕭蕭應是順接卡夫的修改，強調＿＿＿＿＿＿＿＿＿＿（請填上男神的名字）一站起，女生們的情海就洶湧，甚至有人大膽奔放，已經想到和他魚水相親。女生的高度適好到男神『脅下』，真是最佳最萌身高差。」

按照蕭蕭的意見，卡夫最後定稿：

　　躺下來是一座孤島

　　站起來
　　一群飛鳥掠過耳畔

　　從「蕩胸生天風」，轉變為「決眥入歸鳥」，既避免了「島」和「海」意象相近的問題，又延續著蕭蕭化用古人名句的巧思，難怪蕭蕭非常滿意，讚道：「我點了，你化了。」靈歌（林智敏，1951- ）對定稿的〈我〉亦甚喜愛，但仍覺不足，於是建議釋出更多氣勢，修改為：

　　躺下來是一座孤島

　　站起來
　　漫天飛鳥驚弓四射

　　這次我的意見甚為卑下：＿＿＿＿＿＿＿＿＿＿
（請填上男神的名字）不只吸引女性，連同性都忍不
住。卡夫的定稿，「鳥」代表男生，他們流言「飛」
語，掠過「我」的耳畔，這是「按捺不住」的嫉妒；
靈歌的修改，男神站起，「驚」為天人，那些鳥男生
擼得「弓」起腰「四射」，這是「把持不住」的戀
慕……。

　　倒是我弟見解甚妙：「從原作到定稿，再到靈歌
的建議，這中間有著層遞的關係。最初『我』是死胖
子，可能還有狐臭，註定又孤又潦倒；然後『我』是
帥哥，獨領風騷，一站起，女生就嗨了，浮了浪了；
接下來，『我』甚至讓同性又恨又愛，說不上左右逢
源，但絕對男女通殺；最後，『臣之所好者道也，進
乎技矣』，靈歌的『我』更達到了『道』的境界。」

　　「『漫天飛鳥驚弓四射』，典出自日人中島敦
（NAKAJIMA Atsushi, 1909-42）的〈名人傳〉（「め
いじんでん」）。〈名人傳〉參用《列子》『紀昌學
射』和《莊子》『列禦寇為伯昏無人射』等情節，創

作了紀昌向甘蠅老人學射九年的故事。當紀昌學成下山，回到邯鄲，群眾都期望他露一手本領。紀昌卻說：『至為不為，至言不言，至射不射。』連弓箭都不碰一下。可是，紀昌的射道凝聚成神，不時會在屋頂顯現，引弓發箭，以致聰明的鳥兒都不敢從紀昌家上空飛過。」

「中島敦的改編十分有名，蔡志忠（1948- ）《御風而行的哲思──列子說》曾加以襲用，中日也合拍過動畫《不射之射》。靈歌用此典故，表明『我』的帥，不是僅僅通過男生、女生反應就能描摹得出。『我』已經帥得進於道境，以神遇而不以目視，有大美而不言。」

我說：「按靈歌的修改，『我』躺得真好。如果不是站起來，看見『漫天飛鳥驚弓四射』，『我』還以為自己是『孤島』──這便是《莊子》說的：『美而不自知，吾以美之更甚』啊！」

蕭蕭在為「臺灣詩學25週年截句詩系」寫總序時，提出了「和絃共振」的觀念。靈歌說卡夫的

〈我〉「曲折迴轉，歷經多位醫師會診，各自動以大刀整容」，其實正揭示出截句詩創作的對話──或說「和絃共振」的可能。「誤讀」卡夫、蕭蕭、靈歌分裂的〈我〉，就又在弦上多撥兩撥，振一振，手都濕了。

　　忽然想到新的問題：現實中，我真是「我」嗎？抑或我只是大家各據印象、修改而成的「我」？蝴蝶夢裡，不知「我」是誰[1]。

---

[1]　我「誤讀」〈香港高樓〉時，題目是「新詩變形記」，取自法蘭茲・卡夫卡（Franz Kafka, 1883-1924）的〈變形記〉（"The Metamorphosis"）。這一篇，可以叫作：（A）鄉村醫生（靈歌說〈我〉經過多方名醫師會診，我是遲來者，不很正規，叫「鄉村醫生」正好）；（B）萬里長城建造時（包括我在內，各人為〈我〉添磚加瓦，截句詩、其修改與解讀變成橫跨數頁的長城，且可繼續擴展）；（C）與醉漢的對話（「誤讀」誤說，瘋言瘋語）；（D）失蹤者（「我」的所指最終不能統一）；（E）審判（與卡夫此詩的作者意圖──寫被妻子怪責的經歷吻合）；（F）在流刑地（與卡夫被太太罰躺沙發一樣）。以上六個篇名，都是卡夫卡的作品。我無法選擇，只好空著。當然，更歡迎讀者自行填補其他合意的篇名。

春宵苦短：
卡夫截句詩〈痛〉「誤讀」

余境熹

　　卡夫的截句詩〈痛〉截自同名原詩，原詩沒有
「驚弓之鳥」的文字。「驚弓之鳥」的典故以戰國時
期魏國神射手「更贏」為主角，「贏」可引申出「羸
弱」之意，而卡夫截句後的〈痛〉也往往與肉體某部
分變得疲弱不振有關。截句詩〈痛〉謂：

　　點亮一盞燈

　　眼睛成了驚弓之鳥
　　槍都上膛了

我不過是想寫一首詩

這是一種到夜店玩，喝到醉醺醺，把剛認識的女性載回家，正要一宵纏綿的經驗。夜店燈光不足，醉中雙眼迷濛，那位女性總是很吸引的。及至到了床上，男士把床頭燈「點亮」，近距離細緻觀察女伴的面容時，淦，怎麼這樣醜！登時「眼睛成了驚弓之鳥」，悔當初不把這女的就丟街上。唉，「槍都上膛了」，藥都吃了，要繼續，還是不繼續？這是個問題。追求刺激的男子自念，他「不過是想寫一首詩」，在夜店尋到對象，譜出浪漫的情緣啊！但現在，只有「痛」，那話兒早沒精打采[1]！

〈痛〉的一個修改版本：

不過是想寫一首詩

---

[1]　如果「我」還能寫詩，大概內容就豁達一點，看開一點，像是麥浚龍（麥允然，1984- ）的〈濛〉、陳奕迅（1974- ）的〈怪人〉等。

我點亮一盞燈

眼裡有驚弓之鳥
槍都上膛了

　　這是一種網上交友，約去飯店尋開心的經驗。
小鮮肉以為交友程式可以釣到帥哥，二人可以「寫一
首」美滿甜蜜的「詩」。豈料「點亮一盞燈」照照，
淦，那個戴眼鏡的男人有小肚子、肌肉都鬆垮垮的，
絕對不是我的菜！他「眼裡有驚弓之鳥」，嚇壞了，
嚇軟了；之前那男人寄出的照片都是「照騙」，恨恨
的，狠狠的，小鮮肉有了殺意，「槍都上膛了」。這
是要流血的「痛」。

　　另一解讀版本亦大同小異：小鮮肉對約來的男人
不大滿意，「想寫一首詩」的願望落空，於是趁男人
洗澡時，在床頭「點亮一盞燈」照明，繼續用手機找
尋下一個對象。小鮮肉的「鳥」本來因見了小肚子男
人而「驚」得「弓」起來，但這刻他又在網上的俊臉

間重燃希望，「槍都上膛了」──待會，就想著其他帥哥的肉體，來跟小肚子男逢場作戲吧。這是需要忍忍「痛」。

　　略作補充，劉正偉的建議修改為：「槍都上膛了／眼裡有驚弓之鳥／不過是想寫一首詩／我點亮一盞燈」，意思是小鮮肉初時興致勃勃，及後覺得眼睛見鬼，於是想再找別個帥的，點起燈，就用交友程式搜尋。這版本「截」走了小鮮肉仍得面對小肚子男的餘音，但亦有另外的想像空間。

　　最後回到卡夫〈痛〉的原詩，共七行，仍屬短製，內容卻與截句版「截」然不同，顯示出截句不僅僅是原作的縮短，更可能是原作的轉化創新。原詩〈痛〉的全文如下：

　　不過點亮一盞燈

　　眼睛受驚
　　嘴巴譁然

所有槍舉起

我感到痛
要有一聲叫喊

這是找不到門窗的房間

　　原詩的主角是女性，被騙到飯店房間，誰不知
「點亮一盞燈」看看，房間裡男子很多，「所有槍都
舉起」，令她「眼睛受驚／嘴巴譁然」，嚇得花容
失色。眾男二話不說，強行性交，女子於是「感到
痛」，口卻被堵住，「要有一聲叫喊」也不能了。此
時此刻，她彷彿困於「找不到門窗的房間」，無法遁
逃，命運慘淒。TVB以前有某古裝劇，惡人得勢後找
來許多有皮膚病的乞丐到妓院糟蹋女性；港產片《愛
在娛樂圈的日子》也有女星到汶萊賣淫，孰不知對方
叫來眾多好友同床的情節。人心，確然可怕極了。
　　卡夫當然不是渲染色情——讀這首詩，誰不感覺

到悲憫，誰不內心隱隱作「痛」？〈金瓶梅序〉有言，讀《金瓶梅》而「生憐憫心者，菩薩也；生畏懼心者，君子也；生歡喜心者，小人也；生傚法心者，乃禽獸耳」。

鐘擺在兄與弟的間隙：
卡夫截句詩〈隙〉、〈鐘〉「誤讀」

余境熹

　　港產片《大丈夫》在我心中留下不能磨滅的印象，特別是梁家輝（1958- ）飾演的九叔，更是令人拜服。詩人卡夫也喜歡《大丈夫》，他的截句詩〈隙〉寫的便是九叔，全文謂：

　　　　日子瘦成風也無處轉身
　　　　出走的右耳留下左耳
　　　　想像遠方有光

　　　　即使針　也穿不過天地的缺口

　　九叔與好友阿天、阿祥、楊能等人到舞廳狂歡，沉浸於醇酒、美女之間，不料眾人妻子突然殺到，九叔因碰巧要上廁所，在走廊已被妻子看見，自知無路可逃，於是頂著房門，急催阿天等人從後門離開，選擇獨自斷後，想要保住一眾兄弟。朋友阿天義氣過人，不願留下九叔，九叔卻大喊：「我被發現了，走也沒用！」即使「日子瘦成風」，已被妻子逮個正著的他「也無處轉身」，在劫難逃，不如犧牲自己，為兄弟爭取時間吧。最終，阿天也唯有落荒而逃，像「出走的右耳」（阿天全名「郭天佑」）無奈地「留下左耳」同伴，而落網的九叔則被惡妻軟禁於別墅大宅，過起不見天日的淒慘生活。妻子其後對九叔再三逼供，但精神萎靡的九叔一旦「想像遠方有光」，想到眾兄弟仍有機會在外花天酒地，想到杜老誌夜總會的金粉鉛華，他總能出神地陶醉其中，得到繼續對抗妻子的力量。只不過，現實還是：「即使針　也穿不過天地的缺口」，妻子的管束極嚴，九叔儘管消瘦成針，亦沒法越出家門半步。此恨綿綿，借用白先勇

（1937- ）〈樹猶如此〉的話，正是：「抬望眼，總
看見園中西隅，剩下的那兩棵義大利柏樹中間，露出
一塊楞楞的空白來，缺口當中，映著湛湛青空，悠悠
白雲，那是一道女媧煉石也無法彌補的天裂。」

　　九叔成擒後，阿天沒有忘記這位兄弟，曾與阿
祥、徐嬌、波仔等一同前去探望九叔。我初讀卡夫一
題三則的〈鍾〉時，由於受動漫經驗影響，以為那是
複寫《海賊王》主角逃出深海大監獄之作；到腦海
開始重溫《大丈夫》的片段，我便立即發現，〈鍾〉
三篇均與阿天、九叔見面有關。先引〈鍾〉的文字
如下：

　　01

　　獄卒來回走動
　　計算著釋放我的時間

02

獄卒來回走動
尋找著自己的空間

03

獄卒來回走動
計算著我們之間還有的距離

兄弟們見面的情境頗為奇怪——九叔由一名菲律
賓男傭監視進場，阿天欲對九叔行吻手禮，立即遭男
傭喝止，如〈鐘〉第三首所示，這名「獄卒」確實時
刻「計算」探訪者與九叔「之間還有的距離」。阿
祥掏出大鈔，示意男傭收下離開，但男傭放任眼睛四
處「走動」，就不注視紙幣，到徐嬌直接說出有錢，
男傭仍無動於中，要徐嬌改口說有垃圾在地上，男傭
才拾錢退場。這位狡猾的「獄卒」，一開始便「尋找

著」能夠圖利又免受女主人責難的「空間」，當條件達成，他就「來回走動」，讓出「空間」，給九叔獨自與阿天等人相處的時間。不過，這時間不會久，男傭臨走，就以「獄卒」的口吻說：「15 minutes, okay?」僅僅給阿天他們十五分鐘自由──如〈鐘〉第一首所示，他緊緊「計算著釋放」九叔的「時間」。

　　補充一下：《大丈夫》的男傭只給九叔他們「十五分鐘」，而阿天為了讓九叔放心，曾說：「外面的事，我們會做的。每個月，我都用你的名義，買麗池十四組的小紅一個全鐘。」[1]一番話令九叔感激涕零。同樣是「鐘」，男傭的刻薄寡恩，阿天的情深義重。卡夫以「鐘」為題，背後有著層次豐富的意涵[2]。

　　「詩人節截句徵選」的第三回合是「電影截句」，卡夫則早在活動開始之前，就交出與電影《大丈夫》密切相關的〈隙〉、〈鐘〉等篇，與白靈〈九

---

[1]　意思應該是付錢把舞小姐小紅帶離場過夜，有代九叔照顧小紅的深義。

[2]　請去買《卡夫截句》，〈鐘〉後附有蕭蕭精湛的「正讀」，是不得不推薦的極佳分析。

份雨〉等同作先鋒，先聲奪人[3]。鐘擺不絕，愛與死之間，從無間隙。

3　如果想慢下腳步，繼續沉思卡夫詩中的動漫元素，也無不可。〈鐘〉與《海賊王》的深海大監獄關係如何，可交讀者自行聯想；至於〈隙〉，由於我寫到「九叔」和「阿天」，我想起《Idolish7》（『アイドリッシュセブン』）的重要角色九條天（くじょうてん）。九條天因「想像遠方有光」而離棄家人，像「出走的右耳留下左耳」般，把異卵雙胞胎的弟弟撇下，轉進九條家，接受培訓，成為藝能界精英。多年來，他與弟弟都存著間隙，有著「即使針　也穿不過天地的缺口」。

吻吻吻吻吻太過動魄驚心：
卡夫截句詩〈吻〉「誤讀」

余境熹

卡夫〈吻〉的原詩為：

嘴在嘴裡

舌在狂燒

唇在越來越小的床上

翻來覆去

一分鐘比一世紀長

今夜開始

無處可逃

　　首四行的合理解釋是情人們試著法式深吻，舌頭伸進對方嘴巴，慾情狂燒，興動之後，就在床上翻雨覆雲，由於埋身肉搏，貼得緊緊，所佔用的睡床位置似乎越縮越小。至於「一分鐘比一世紀長」，則存著許多詮釋可能：（A）春宵一刻值千金，因此情人們都好好享受每分鐘，深陷其中，細緻感受，令時光彷彿變慢，今夜起「無處可逃」，彼此都沉溺於肉體纏結的快意之中，上了癮不能割捨，甚至要攜手走進婚姻的墳墓。（B）男方初經人事，一分鐘內嘗試多次，依然無法插進女體，尷尬極了，而女方亦開始不耐煩，附加壓力的眼神令男子更加抬不起頭。（C）男子戰鬥力驚人……地弱，進去才「一分鐘」就洩精了，在女方不滿意的眼神中，他感到「一分鐘比一世紀長」，羞愧而無地自容。上述（B）、（C）兩解配合「今夜開始／無處可逃」，都可指女方把男的囧事傳揚開去，男子「逃」到哪兒，都被朋友笑話。一笑傾城，一吻，傾掉名聲。

　　化原詩為截句，卡夫最初的修改是：

嘴在嘴裡

舌在狂燒

唇在越來越小的床上

一分鐘比一世紀長

　　抽出原文四行，意思卻大不相同。「嘴在嘴裡」
指深吻，而深吻可引致疾病，如使人發燒、疲軟的
「接吻病」，便令人「舌在狂燒」，無力「翻來覆
去」（所以被截去）；幽門螺旋桿菌在深吻時經口水
進入體內，可致胃潰瘍，教人痛得縮成一團，躺在
「床」的一角，令病榻猶如縮窄，「越來越小」；嘴
唇有破損而接吻，亦可能使唇上生皰疹，皰疹腫大，
唇也顯大，另外接吻病會有淋巴結腫大徵狀，此長彼
消，某程度上也可說「床」因而顯得「小」。在病中
的人，自然苦痛難耐，覺得「一分鐘比一世紀長」
了。卡夫化身醫生，借〈吻〉來寫病理。

　　「修改二」的版本則為：

舌在嘴裡狂燒
唇在越來越小的床上
翻來覆去

今夜開始無處可逃

　　我能想像這是位宗教信徒，瞞著牧師，偷偷和情人法式深吻，以致慾火中燒。心理學說男性有時會想整個人化成一根陽具，卡夫筆下的純情信徒雖還不至如此，但吻過之後，這小男生也希望化為一張「唇」，再與愛人親密接觸。他在床上「翻來覆去」，輾轉反側，「越來越小」乃指宗教約束的力量減弱，或換句話說，指他對神明的信心變小。卡夫於是在第二節模擬魔鬼使者的聲音宣布：「今夜開始無處可逃」，這小信徒的靈魂是賣給魔鬼，墮落了，無法「逃」離地獄之火。詩人寧靜海說此版本「最後一句反而可以不要」，白靈亦贊同，期望卡夫留下更多

空白，這都是深富藝術洞察力的見解。可是，宗教文本要求斬釘截鐵的宣判，令信徒閱讀後戒慎畏懼——卡夫的寫法，實在另有其考慮。

卡夫的修改版本三謂：

> 舌在嘴裡狂燒
> 夜　床上翻來覆去
> 無處可逃

這次「無處可逃」的主語變為「夜」，意思是男女在夜店吻過之後，今「夜」的主題就已定下了：是要在「床上翻來覆去」，誰都不能跑題，誰都不能藉口離開。著名歌手羅文（譚百先，1944-2002）在〈鐳射中（94YEAH版）〉裡曾唱過：「此一刻妳屬於我　妳再也沒法躲　YEAH　將今晚今晚交給我　我要為妳唱盡我歌　施展我一身解數　在那鐳射中穿梭　我用千支歌將妳來鎖」，同樣是說「夜」要「翻來覆去／無處可逃」，只不過場地沒有標示在「床上」

而已。〈鐳射中〉還有一句歌詞「衝擊妳使我心火燙」，事實上也對應卡夫的「舌在嘴裡狂燒」。按：卡夫祖籍廣東，曾對香港很有親切感，他不但看港產片如《大丈夫》，也對粵語流行曲「一代歌聖」羅文有所認識。

最終截句詩〈吻〉的定本為：

　　舌在嘴裡狂飆
　　唇在越來越小的床上
　　翻滾

　　夜　無處可逃

這次由羅文下移一代，變成「香港視帝」羅嘉良（羅浩良，1962- ）。羅嘉良曾主唱劇集《天地豪情》的主題曲〈說天說地說空虛〉，歌詞提到一對夫婦雖則同睡一床，其實互訂界線，以致「床上一邊冷一邊暖」，「在狹小屋中的世界　各有彼此疆界　每

進寸步也像懸崖」，這自然使人覺得「床上」的空間
「越來越小」。卡夫刻意抹掉此前數個版本動作上的
「翻來覆去」，改用內心煎熬的「翻滾」，更能對應
互不越界的冷淡夫妻。

　　不過，〈說天說地說空虛〉中，夫妻已經冷靜分
手，卡夫的詩則略有閃前，追敘二人互存仇恨之時，
「舌在嘴裡狂飆」、「唇在……翻滾」，非常想罵對
方，只是沒說出口；明明討厭著，「夜」裡又「無處
可逃」地睡在一起。這種新編後的矛盾，著實頗為激
烈，帶出了和〈說天說地說空虛〉絕不相同的感覺。
如果〈吻〉的截句「版本三」是複寫羅文，〈吻〉
的定本就是改寫羅嘉良，有較明顯的所謂「影響焦
慮」[1]。

　　還想繼續聽歌？陳曉東（陳卓揚，1975- ）有首
〈吻下去愛上你〉。他唸對白、文恩澄（文婉澄，

---

[1]　其實卡夫不用「翻來覆去」而轉用「翻滾」，亦因如果不
　　改，他的截句詩定本將與白靈的建議修改版一模一樣。對
　　白靈的「影響焦慮」，令卡夫更有效地借用〈說天說地說空
　　虛〉，並添上新意。

我^夢見_截句

1984- ）主唱的〈同床異枕（劇場版）〉可能較少人
知，卻也是說「吻」，以及一張床「越來越小」的
故事。

自由的迷失：
卡夫截句詩的動漫電玩

余境熹

　　我在〈從動漫截出的快樂時光：卡夫截句詩「誤讀」〉裡，指出卡夫詩跟《獵人》、《海賊王》、《隱之王》、《Code Geass 反叛的魯路修》等動漫作品有所聯繫，並引十餘首詩為證。複讀《卡夫截句》後，現在又檢出蘊含動漫電玩因數的八首詩篇，略述如下，供愛詩人參考。

　　卡夫的〈巡〉：

　　　一左　刺刀　一右
　　　挑　路上夜色　開
　　　一個不小心

包　腳步聲　圍

　　這首詩取材自手機遊戲《刀劍乱舞》（『刀劍
亂舞』）：為了阻止「時間溯行軍」改變歷史，「刀
劍男士」在審神者的差遣下回到過去，與時間溯行軍
激戰。遊戲內的戰鬥流程，首先是開始「索敵」，刀
劍男士全隊的「偵察」數值總和高於敵軍「隱蔽」
時，將較易洞悉對方的作戰陣型，繼而及早選擇有利
的迎擊方案；但相反，若「偵察」低於「隱蔽」，刀
劍男士無法得到情報，誤選了不利的應戰陣式，損失
就會較大。卡夫的「巡」便指「索敵」，意謂刀劍男
士來到「夜色」下的戰場，「挑開」戰幔，可是如偵
測失敗，「一個不小心」，其「腳步」甚至會陷進敵
人的「包圍」網裡。在動畫作品《刀劍乱舞-花丸-》
（『刀劍亂舞-花丸-』）中，本能寺、池田屋等多個
戰場，就都是在「夜色」中開仗的。

　　卡夫的〈主義〉寫道：

眼睛都躲在窗下

雙手一推，驚見

所有耳朵豎起來，等

第一聲槍響

這首最初令人想到姜文（姜小軍，1963- ）導演的《讓子彈飛》，其結尾講的是張麻子帶領眾人打倒惡霸黃四郎。但《讓子彈飛》的老百姓雖然「躲在窗下」把「耳朵豎起來」，但他們「等」的並非張麻子的「第一聲槍響」，而是要「等」到張氏佔了上風、勝利在望，百姓才牆倒眾人推地投身戰場，分享成果。音樂劇《悲慘世界》（Les Misérables）亦類似，儘管街頭抗爭的「第一聲槍響」已發出，巴黎市民仍只選擇抱頭大睡，不去支援學生，最終導致起義失敗。

所以，卡夫的〈主義〉與《讓子彈飛》或《悲慘世界》都不盡相符，更適合的對應作品乃《鋼之鍊金術師》（『鋼の錬金術師』）：主角愛德華・愛力

克（Edward Eric）故意被擒，遭太陽神托雷教教主囚
禁在鐵「窗」之下；但愛德華早就安排弟弟「雙手一
推」，弄破監獄牆身，將擴音器藏在愛德華的背後，
到邪惡教主來找愛德華時，愛德華便誘其坦承利用人
民的陰謀，並通過擴音器傳至全境，讓原先蒙在鼓裡
的人民驚訝得「耳朵豎起來」。當邪惡教主忍不住鍊
出機關槍擊毀擴音器，發出「第一聲槍響」時，他也
就澈底失去了信眾的支持。人民群聚在其處所前的廣
場，並見證那教主最後的失敗。

　　〈雕像一〉也與上述《鋼之鍊金術師》的劇情
相關：

　　　要我如何相信
　　　只能仰望你
　　　頭　頂著天空
　　　就不會說謊

　　邪惡的太陽神教教主已然謝頂禿髮，「頭　頂

著天空」；慣了「仰望」他的群眾在聽到全境廣播後都產生了懷疑，追問「要我如何相信」這名教主「不會說謊」。教主的回應是發動鍊金術，讓廣場上的巨大「雕像」都動起來，圍攻愛德華，以此證明自己能運用來自神的力量；可是愛德華卻鍊出更魁偉的「雕像」，一下子就把教主嚇倒。教主仍想反擊，但鍊金術的力量反噬，終於叫他一敗塗地。

　　補充一下，〈雕像一〉亦可與《伊藤潤二恐怖漫畫精選》（『伊藤潤二恐怖マンガCollection』）第14卷中以「銅像」為題的一篇互聯。心理變態的市長夫人在公園裡立了自己的半身雕像，並在雕像中置入監聽和播音設備，能察看公園中人的一舉一動。由於不滿一些女性譏諷自己長得完全不像那個美麗的雕像，市長夫人就誘騙她們上門用餐，迷暈她們後，還把她們殺害，製成水泥像。失去母親的幾名孩子於是跑去公園「仰望」市長夫人銅像，追問母親到哪兒去了；市長夫人還想通過播音器誆騙孩子，其旁邊的市長銅像卻忽然開聲，揭露夫人「說謊」，要孩子們不要

「相信」。

　　《刀劍亂舞》、《鋼之鍊金術師》、《伊藤潤二恐怖漫畫精選》等都在卡夫的截句詩裡偶一露面，但要說到頻繁借用，還是不得不數《海賊王》。除以前論及的〈玫瑰〉、〈為了尋找一條在冬天不會冷凍的河〉和〈56歲〉外，《卡夫截句》中的〈詩念〉、〈雕像二〉、〈距離〉、〈末路〉、〈僅此一次〉都有《海賊王》的痕跡。

　　卡夫〈詩念〉：

　　　纏得越久
　　　掙得越急
　　　纏得更緊
　　　哪裡是我的曠野？

　　蒙其・D・魯夫（モンキー・D・ルフィ）為了阻止同伴賓什莫克・香起士（ヴィンスモーク・サンジ）加入「BIG MOM海賊團」而潛入圓蛋糕島，卻

因高調地擊敗了「甜點三將星」之一的夏洛特·慨烈卡（シャーロット·クラッカー），遭到復仇團隊圍攻，還被夏洛特·蒙德爾（シャーロット·モンドル）「書書果實」的能力囚禁在書本之中。在得悉BIG MOM海賊團將在婚宴上殺害香起士後，魯夫激動地要掙脫將自己雙手釘進書頁裡的釘子。他扭動因「橡膠果實」而可伸長的兩手，可那顆釘子異常牢固，以致他「纏得越久／掙得越急」，卻「纏得更緊」；情急之下，魯夫決定不惜絞斷雙手，也要趕回與香起士約好的「曠野」，帶香起士離開敵人的魔掌。

卡夫的〈距離〉同樣表現魯夫之重視夥伴：

> 伸長了手
> 也捉不住擦身而過的聲音

時間回溯一下，在兩年前，魯夫的「草帽海賊團」登上夏波帝諸島，各團員卻因不敵巴索羅繆·大

熊（バーソロミュー・くま）而被拍擊消失。魯夫眼
見同伴一個個失去影蹤，痛苦至極，及後也被大熊
拍飛並失去意識。在與大熊的交戰中，魯夫和佛朗
基（フランキー）都曾在同伴快將消失時「伸長了
手」，想去挽救，想去阻擋，但大熊的速度遠勝他
們；魯夫和佛朗基最終只聽見幾下「擦身而過的聲
音」，整團人就都被打飛到世界的不同角落，無法相
見了──這裡既有同伴分隔的、空間上的「距離」，
也標示出魯夫一夥與敵人實力上的「距離」，正好和
卡夫的詩題相應。

　　卡夫的〈雕像二〉寫道：

　　死了　還要站著

　　不允許躺下

　　試試天地的寬窄

　　魯夫在與同伴分離後，輾轉來到海軍本部，與名
震天下的大海賊「白鬍子」艾德華・紐蓋特（エドワ

ード・ニューゲート）一同營救波特卡斯・D・艾斯（ポートガス・D・エース）。「白鬍子」在戰場上陣亡，所受刀傷、子彈、砲彈攻擊不計其數，且在肉搏之中失去半邊頭顱，死時卻維持站立之姿，巍然不倒，正是標準的「死了　還要站著」。

　　臺灣文學的讀者應該要懂姜貴（王林度，1908-80），姜貴〈永遠站著的人〉結尾是這樣的：「秋去冬來，天氣嚴寒，趙大爺依然每天去橋頭獸望。一天陰雲密布，北風怒號，紛紛落起雪來，越落越大。家裡人忙去橋頭找他，祇見他當風而立，屹然不動，早已堆得像個雪人。上去看看，眼睛依然大睜著，但已經氣息毫無，僵了多時了。想擡他回家，卻又兩腳黏地，像生了根似的，莫想移得動。」趙大爺站著離世，傲然屹立的精神「不允許躺下」，金城人於是製作了一口立棺，把他的身體套了起來，年年添土祈福，漸漸建成「立塚」。

　　我弟提醒我，〈出埃及記〉（"Book of Exodus"）十四章云：「摩西對百姓說：『不要懼怕，只管站

住，看耶和華今天向你們所要施行的救恩。』」而
神的恩惠，據〈詩篇〉（"Book of Psalms"）一百零三
篇，乃是：「天離地何等的高，祂的慈愛向敬畏祂的
人也是何等的大！東離西有多遠，祂叫我們的過犯離
我們也有多遠！」兩組經文結合，便是「要站著／不
允許躺下」，這樣在生死關頭便能「試試天地的寬
窄」，體驗恩典的浩大。在這重解釋裡，「死了　還
要站著」可看成是一種誇張極致的說詞。

　　把話題帶回《海賊王》，卡夫在〈末路〉裡寫道：

　　　　槍管多長
　　　　我的黑夜就多深
　　　　血就流多遠
　　　　影子　也不留下

　　這裡說的是有份對「白鬍子」作出致命攻擊的
「黑鬍子海賊團」狙擊手范・歐葛（ヴァン・オーガ
ー）。他在加亞島西海岸首度登場，手持「槍管」甚

長的名槍「千陸」，準確射擊極遠處「草帽海賊團」
航行海域上空的海鷗群，令還沒有看到加亞島影子的
草帽團船員大吃一驚。歐葛是「黑暗果實」擁有者馬
歇爾・D・汀奇（マーシャル・D・ティーチ）的忠
實追隨者，深深契入「黑夜」的力量之中，作為汀奇
的下屬，常以「流」他人之「血」為樂。所謂「影子
　也不留下」，既可指歐葛沒有在加亞島與魯夫碰
頭，同時亦可隱射其綽號「音越」──音越即「超音
速」，叫人無法看得清影子。

　　最後是〈僅此一次〉：

　　　在風也過不來的地方
　　　用身體鑿開黑夜
　　　鏤空的影子
　　　正在過濾燒爐前的聲音

　　「白鬍子」的手下艾斯能夠化身為火焰，他在巴
納洛島追上叛徒「黑鬍子」汀奇，正想將之逮捕，不

料汀奇能藉著「黑暗果實」發動「闇穴道」，如黑洞般吸進各種物質；又能使出「闇水」，吸住艾斯的身體，使後者無法避開攻擊。如是者，汀奇可謂製造出「風也過不來」、無縫無際的攻擊領域，穩佔上風。不過艾斯並不退讓，他嘗試「用身體鑿開黑夜」，以「火焰果實」的能力使出絕招「炎帝」，和汀奇的黑暗力量硬碰。戰鬥結束，艾斯不幸地力竭落敗，成為「鏤空的影子」、「過濾燒燼前的聲音」，失去了意識，更被「黑鬍子」交給海軍，並因而觸發了日後的「頂上決戰」。

　　談到「黑鬍子」的暗黑風格和引力，我的一個兒子想起著有《萬有引力》（『グラビテーション』）的村上真紀（MURAKAMI Maki）。村上真紀另有《遊戲者天堂》（『ゲーマーズヘブン！』）等作，比較獨特的是，她會給自己的作品畫18禁甚至20禁的同人刊。以下據兒子轉述。某部同人刊寫《遊戲者天堂》的拉許（ラッシュ）本想到酒吧尋找所愛，解除寂寞，「用身體鑿開黑夜」，可其目標人物不在現

場，俊美的他反被許多許多許多人包圍，陷進「風也
過不來的地方」，且被那許多許多許多人這樣又那
樣。被弄得靈肉分離、近乎虛脫的拉許令人想到「鏤
空的影子／正在過濾燒爐前的聲音」，嬌喘連連，更
激發那許多許多許多人的獸性，繼續盡情地這樣那
樣。只是這許多許多許多人不久就要付上沉重代價
──稍微清醒的拉許拔出武器，將他們全部砍翻。壞
人們爽一次，命也丟了，難怪卡夫的詩題叫做：「僅
此一次」。

　　我是自由的，那就是我迷失的原因。

書頁中的蘇聯與日本史：
讀卡夫截句詩〈求知〉、〈信念〉

余境熹

　　卡夫自述四十年前參加端蒙辯論隊的經驗，謂從中學開始就被訓練成第四辯總結陳詞；進入大學和教育學院後，他也一直參加辯論比賽，後來更指導學生參賽和主辦全國中學辯論會。他說：「『辯』影響了我的思維方式，我也曾經好辯、善辯。不過，經過歲月的洗禮後，現在才明白『不辯』才是人生最高的境界。」他的這番體悟，在其截句詩中一樣獲得展現。

　　卡夫的〈求知〉云：

　　翻開書頁
　　一隻鳥飛了起來

越飛　越高　越遠
一條蛇向天空伸了個懶腰

　　《史記・陳涉世家》謂：「燕雀安知鴻鵠之
志」，好像「越飛　越高　越遠」的鴻鵠就是棒，低
飛飄過的燕雀就是不濟；如果是伏地而爬的蛇，那就
更不用說了，肯定要被鄙視。卡夫卻發揮道家「不
爭」的精神，寫鳥飛任牠飛，蛇則奉行《老子》「夫
唯不爭，故天下莫能與之爭」、「以其不爭，故天下
莫能與之爭」的教誨，其懶也洋洋，無意與大鳥較量，
只自自在在地伸伸懶腰，仍舊徜徉在低處的泥土上。
關漢卿（1234前－約1300）〈四塊玉・閒適〉其四亦
正是此意：「南畝耕，東山臥，世態人情經歷多，閒
將往事思量過。賢的是他，愚的是我，爭甚麼？」勞
形的鳥且去飛揚，蛇啊，葫蘆提裝呆，閒快活去[1]。

---

[1]　我的學生甲硬是要持反對意見，他認為：蛇乃昂揚「求
　　知」，翻開書本，內容精彩如「飛」，道理「高」妙，視野宏
　　「遠」，蛇這名讀者此刻雖不能至，但心嚮往之，所以飛不
　　起來，也要伸長了腰，向理想的「天空」探頭。聽完甲的解
　　釋，我懲罰了他。

　　卡夫詩裡的那條蛇，可能是「魯蛇」（loser）。
李敖（1935-2018）〈做一個快樂的失敗者〉曾說：
「一般人很少能看到失敗的好處，不會欣賞失敗、享
受失敗，不會在一敗塗地的時候，躺在地上，細聞泥
土和草根的清香。很少人知道，在有比賽的情形下，
比賽下來，勝利者往往有兩個，就是勝利者和躺在地
上吹口哨的失敗者。」卡夫詩中的「魯蛇」雖然不
吹口哨，但在泥土草根的清香環繞下，「伸了個懶
腰」，自樂自得，也是頗能享受失敗之趣的。

　　卡夫另有〈信念〉一首：

　　腳　　夢見飛鳥
　　只有眼睛可以理解
　　學會合十
　　不再和走獸賽跑

　　這次卡夫改用「飛鳥」當主角，是蛇就爬，是鳥
就飛，順其自然。「腳　夢見飛鳥」，意指精神有了

變化，泠然善也，思維飛離原先地上的限制，但想向別人傳達這種體會，卻又無法辦到，唯有自己的「眼睛可以理解」[2]——據《莊子‧逍遙遊》，「小知不及大知」，大鵬凌空得見「天之蒼蒼」，能夠「視下」，其他小蟲、小鳥卻無法感知，反而取笑起大鵬來。北宋《雲笈七籤》引錄《妙真經》雲：「與時爭之者昌，與人爭之者亡。」獅子豈用回頭聽狗吠？當視野改變後，飛鳥不再執著於和地上各種無法理解自己的「走獸」爭勝，「合十」是淡定的標誌，而鳥的「合十」更呈斂翼之狀，養晦韜光，以不爭為上，實在無意與「走獸」勞神競技了。

　　劉裘蒂（1964- ）的〈跑道〉這樣寫道：「每個人都有不同的起跑時間，有些人先跑，有些人則先退出跑道，我慢慢活動出一股『旁若無人』的自在——

---

[2]　我的學生乙對此句另有見解，他認為卡夫志向高遠，夢中也想要像鳥那樣飛翔。雖則他暫時只有張眼盼望的份兒——「只有眼睛可以理解」——但他已有充足自信，學會不受他人影響，能堅持「信念」，只管朝著目標努力，不理地上「走獸」的功利標準，而踏上屬專自己的夢想之途。我聽聽合理，然後懲罰了乙。

原來要超越的只是昨天的自己！我也不再計較一些輸贏，因為永遠會有一個更遠、更具挑戰的終點線等我，只要我仍一直、一直在跑……」把其中的「我」換成「鳥」，把「跑」換成「飛」，即與卡夫詩意蘊相同──旁若無人，即是旁若無「走獸」[3]。

　　參考本文的注釋，可見不少學生和我「爭」起〈求知〉、〈信念〉的詮釋來。《文子》提出「爭利者，未嘗不窮」的道理，指「善遊者溺，善騎者墮，各以所好，反自為禍」。要是不跟學生瞎鬧，我會如此重釋〈求知〉：「越飛」指阿道夫・阿布拉莫

---

[3]　我的學生丙認為我把〈求知〉、〈信念〉的順序搞混了，表示應該先讀〈信念〉，其中卡夫寫的是飛鳥的水準甚高，非一般「走獸」所能及；但到了〈求知〉，卡夫來個大反轉，鳥強由牠強，「蛇」還是能逍遙自在，安享爬行的日子。畢竟說到底，蛇是不用學大鵬那樣飛到天上去的。丙的構思與我有衝突，我摸摸他的頭，然後懲罰了他。學生丁則引用存在主義「他人即是地獄」之說，謂卡夫在〈求知〉以鳥為「他人」，在〈信念〉則以走獸為「他人」，謀求擺脫他人、突破地獄的自由。丁且引卡夫另一首截句詩〈﹣﹣﹣﹣﹣﹣﹣〉印證：「想把路走直／許多手橫過來／我斷成拉鍊／誰能拉上」，確認「他人」伸手過來，會使自己斷裂，產生負面影響。丁的解釋比我有深度，我又懲罰了他，不准他把拉鍊拉上。

維奇・越飛（Adolph Abramovich Joffe, 1883-1927），
他是蘇聯外交家，藉著從「書頁」間累積起來的學問
「飛了起來」，在中國、日本、英國等地活躍，其與
孫中山（1866-1925）共同發表的「孫文越飛聯合宣
言」就多為現代史讀者所悉；然而，越飛的行動表面
看來是「越高　越遠」，頗有進展，他卻沒料到當如
「鳥」落地之時，重返蘇聯之際，約瑟夫・史達林
（Joseph Stalin, 1878-1953）已「蛇」一般伸飽懶腰，
以逸待勞，開除列夫・托洛斯基（Leon Trotsky, 1879-
1940），勝出政爭，而與托洛斯基關係密切的越飛只
好在醫院留下給托氏的遺言，隨即黯然自殺。

　　至於〈信念〉，我的重釋是：卡夫到日本旅行，
用「腳」踏查，認識該國「飛鳥」時代的文化。由於
日文聽不太懂，他「只有眼睛可以理解」，唯靠猜測
漢文、觀賞建築去細味西元七世紀前後的日本風情。
飛鳥時代的特徵之一為佛教的興盛，而卡夫也在時至
今日已屹立千多年的飛鳥寺、斑鳩寺等的遊覽活動
中，潛移默化，受佛法感染，「學會合十」，與世無

争，「不再和走獸賽跑」，而得以調和內心。

　　我則以觀賞《機動戰士鋼彈SEED DESTINY》（『機動戰士ガンダムSEED DESTINY』），代替修行。

邦國已淪覆，餘生誓不留：
卡夫截句詩與秦滅古蜀國史

余境熹

卡夫寫了一首〈餘生〉：

妳的哭喚鑿開一條隧道

千繞百轉　風也逃不掉

我一路爬行

如果明天還在

首句標示為「妳」，當是英雄難過之美人關。
男兒單身過活，本來赤條條來去無牽掛；一旦成婚，
妻子一哭二鬧，男人想不困身也難。伊藤潤二（ITO
Junji, 1963- ）有篇漫畫〈隧道奇譚〉（「トンネル奇

譚」），隧道誘引人進入其中，把人吞噬；類似的是
〈阿彌殼斷層之怪〉（「阿弥殼断層の怪」），人們
被與自己形體相同的山洞吸引，愈往裡走，身體愈
「千繞百轉」地扭曲，情狀悲慘恐怖。不羈男士常獲
形容為「風」一樣的男子[1]，但當墜入女人的「隧道」
後，「風也逃不掉」，如同伊藤潤二的恐怖描述一
樣。哀哉！

　　為了照顧妻子，男子就有擺脫不了的工作責任。
在職場上，明明想撒手不管，但想想房貸尚待付清、
妻子沒有工作、小孩還未長大，中年的「我」就又要
繼續在沉悶的辦公室裡仰人鼻息，賴活下去。男人少
年時如猴，中年則活得像狗，或不如狗，所以詩裡寫
道：「我一路爬行」。他將「一路爬行」下去，直到
在婚姻、工作、家庭的壓力下熬不住了，突然崩潰。
男子說：「如果明天還在」，事實上他都不知還有沒

---

[1]　對卡夫寫詩影響頗大的劉正偉，便曾經寫過新詩絕句〈風〉：
　　「風，像一個酒醉的男子／常常冒冒失失／莽莽撞撞沒有方向
　　感／一如，年輕時的我」。

有「明天」，心理生理的健康管理，早早出現問題。

　　對〈餘生〉作出如上詮釋，其來有自。卡夫的不少截句詩都涉及中、老年危機。例如〈這樣就過了一天〉：「剛過下午／夜就來敲門／開不開門　無處可逃／反正我是向晚的黃昏」，首兩行類似辛牧（楊志中，1943- ）的〈旋轉木馬〉：「怎麼才盹了一下／彷彿已是幾生幾世了」，而「向晚的黃昏」更屬漢語文學「日暮途遠」、「只是近黃昏」式嘆老傳統的延續。

　　又如〈三生〉：「一端是前生　一端是來世／今生已是白髮／和時間玩蹺蹺板」。豐子愷（1898-1975）嘗言：「時間則全然無從把握，不可挽留，只有過去與未來在渺茫之中不絕地相追逐而已。」時光在人身上留下印記，最顯著的便是「白髮」，如〈這樣就過了一天〉所雲，確是「無處可逃」，不管「開不開門」——迎戰或堅守——終於都會像鍾鼎文（鍾國藩，1914-2012）所寫：「我的髮將成為白色的降幡，／迎接無敵的強者之征服。」

　　卡夫的〈合十〉也在嘆老：「所有能流的淚／眼睛都說過了／我　合十／合不上一路走來的黑」。盧國沾（1949- ）填詞的〈人在旅途灑淚時〉謂：「淚已流　正為你重情義　淚乾了　在懷念往事」，卡夫把淚說盡，可知往事堆堆疊疊無重數，有許多舊日，不認老也不行了。為甚麼說「合不上一路走來的黑」？因為據盧國沾詞，之前的世途是「多麼險阻」，之後的路是「要退後　也恨遲」，中、老年人不再像小夥子那樣能夠輕易重新開始。

　　然而憑此便說〈餘生〉也是首中老年哀歌，亦未免皮相。誤讀是不好的，應當知人論世，詮解方才有力。按卡夫妻子為四川人，其長公子於四川出生，三歲才到新加坡，會說四川話，卡夫因此對四川之事格外留神。

　　秦惠文王（嬴駟，前356-前311，前338-前311在位）欲吞併位於四川的古蜀國，但受龍門山脈與秦嶺天塹的阻限，開鑿道路難於登天。秦惠文王於是先以「石牛糞金」之計——謊稱石牛能夠拉出金子——誘

騙蜀王派五丁力士前來牽牛，由此打通了連接秦蜀的金牛道。接下來，秦惠文王再將五名絕色美女送給蜀王，蜀王就又差遣五丁力士去接美人。不料，在回程之時，五丁力士遇上巨蛇，五人合力把鑽進山洞的大蛇拉出，卻忽然地動山搖，地崩山摧，五名力士和五個美女都被壓死在倒塌的山下——山崩之處化為五座峰巒，蜀王名之曰「五婦山」，眾人則以之為「五丁山」。秦惠文王見蜀道已通，加上古蜀國勇悍的力士全數犧牲，再無忌憚，立即派軍侵略西南，蜀王無力抵擋，其國遂亡。

　　卡夫的〈餘生〉捕捉這一歷史片段，寫心繫艷女的蜀王在敗軍之際，埋怨入蜀美人臨死前「哭喚鑿開一條隧道」，令秦軍能夠穿過「千繞百轉」的地形，包圍成都，令「風」般輕薄的自己「也逃不掉」。他向秦軍乞降，「一路爬行」，盼望秦惠文王能開恩饒命，「如果明天還在」，即使「餘生」永遠要保持「爬行」姿勢，他也在所不辭。可說實在的，這名蜀王心裡全然沒底，不知道是否還有「明天」。

　　那麼，蜀王的下場如何？翻開史書，《華陽國
志‧蜀志》記雲：「王遯走至武陽，為秦軍所害。」
《戰國策‧秦策》則載：「蜀主更號為侯」，未被處
死，只是被降封爵位而已。由於文獻存著矛盾，蜀主
是否有其「餘生」，今天似乎已經不易辨清。卡夫的
詩也就留下開放式結尾，不把話說盡。

　　回過頭來，〈這樣就過了一天〉、〈三生〉、
〈合十〉等三首都可與古蜀國之亡建起聯繫。〈這樣
就過了一天〉的「剛過下午／夜就來敲門」，說的是
秦軍伐蜀侵略如火，行動迅捷，猛叩成都的大門，以
致蜀主深嘆自己「是向晚的黃昏」，日薄西山，窮途
末路，「開不開門」，迎敵或棄城，他都「無處可
逃」，註定失敗。成為秦國俘虜後，如〈合十〉所
述，蜀主「所有能流的淚／眼睛都說過了」，終日以
淚洗面，在前赴武陽的綿綿路上頻頻「合十」，卻
「合不上一路走來的黑」，難逃厄運。又或者，採
《戰國策》的版本，蜀主僥倖獲赦，但自此活在秦人
監視之下——離蜀之日，他顧瞻成都這「一端」，乃

是「前生」，眺望鹹陽那「一端」，將是「來世」。
變故斯須，誰能自持？奄忽「白髮」，徒嘆奈何。剩
下的日子，便是「和時間玩蹺蹺板」，百無聊賴，難
以再有作為了。

　「邦國已淪覆，餘生誓不留。」這兩句出自一
首講冥婚的詩，不想詳查的話，再去讀讀伊藤潤二
也好。

截句書寫的普羅米修斯：
卡夫〈守候今生〉、〈我的玫瑰〉與西洋文學

余境熹

　　「誤讀」的寫作，對被閱讀的文本來說，可以「新義」，可以「開源」，可以「比照」。通常我都在做「新義」的事。至於「開源」，在「誤讀」商禽（羅顯烆，1930-2010）、陳映真（陳永善，1937-2016）、向陽（林淇瀁，1955- ）等人時，我也試過一些。這次略讀《卡夫截句》，就又抽出〈守候今生〉與〈我的玫瑰〉兩篇，試試憑空鑿竅，說說卡夫二作可能的影響根源。

　　首先是〈守候今生〉：

　　　你是孤島最長的黑

剩下一盞燈

也要點燃多情

就算來世也忘不了回家的路

史考特‧費茲傑羅（F. Scott Fitzgerald, 1896-1940）
小說《大亨小傳》（The Great Gatsby）的人物關係頗為
複雜：黛西‧費伊‧布坎南（Daisy Fay Buchanan）在
嫁給湯姆‧布坎南（Thomas Buchanan）之前，曾與主
角傑‧蓋茨比（Jay Gatsby）談過戀愛，蓋茨比對她終
生難忘。當蓋茨比發跡後，他就在長島西卵村買下豪
宅，遠眺海灣對面東卵村的布坎南家，常對黛西住所
外碼頭的綠燈遐想，表現激動。尼克‧卡拉威（Nick
Carraway）第一次遇見蓋茨比時，就曾這樣形容道：
「他朝著黝黑的海水伸直雙臂，模樣怪異。我雖離他
很遠，但我敢說他在發抖。我不由自主朝海面望去——
什麼都看不清楚，除了一盞綠色的燈，又小又遠……」
　　掌握《大亨小傳》的基本訊息，讀卡夫〈守候
今生〉就不會覺得陌生了。「你」指「守候」黛西的

蓋茨比，「孤島最長的黑」寫的是他和摯愛分離的處
境，既與「長島」的地名對應，也跟蓋茨比「黑」夜
裡「長」時間遠望的舉動相合；「剩下一盞燈」指
的是黛西家那邊的綠燈，雖然小而遠，卻「要點燃
多情」，讓蓋茨比不絕思念，情難自抑──他千方百
計奪回美人，即使「來世」，他「也忘不了回家的
路」，視黛西為終極目標、生命歸宿。

　　《大亨小傳》的結尾非常精彩，說的猶是「忘不
了回家的路」：

　　蓋茨比信仰的那盞綠燈，對他來說，那是代表未
來的極樂仙境，雖然這個目標年復一年在我們眼前往
後退。它那時從我們身邊溜逝，不過沒有關係──明
天我們會跑得更快一點，手伸得更長一點……總有一
天──於是，我們繼續戮力向前，如逆流而上的一葉
扁舟，不斷被浪潮往後推回到過去。[1]

---

[1]　本文所採譯本，為史考特・費茲傑羅（F. Scott Fitzgerald），
　　《大亨小傳》（The Great Gatsby），範文美譯（臺北：志文出
　　版社，2010）。

　　「多情」的人朝著象徵愛與希望的「一盞燈」，即使是逆流，他總「忘不了」那個幻想中的極樂仙境──精神所嚮往之「家」。寫下《海邊的卡夫卡》（『海辺のカフカ』）的村上春樹（MURAKAMI Haruki, 1949- ）曾說，如果不是《大亨小傳》，他不會走上寫作這條路；那麼，如果不是《大亨小傳》，卡夫就不會在海邊寫下〈守候今生〉吧。

　　卡夫〈我的玫瑰〉：

　　　讓我緊緊抱著妳
　　　刺　就不見了
　　　血流乾了
　　　我的心還是比妳紅

　　這篇作品首先使我想到了安東尼‧迪‧聖－修伯裡（Antoine de Saint-Exupéry, 1900-44）的《小王子》（The Little Prince），當中小王子和玫瑰花或是隱指作者本人及其妻子康蘇爾洛‧迪‧聖－修伯裡

（Consuelo de Saint-Exupéry, 1901-79）。一種說法是，康蘇爾洛並不忠誠於丈夫，但安東尼依然「緊緊抱著」妻子，對她的「刺」視而不見，像玫瑰花般呵護著她，儘管心痛，仍赤心一片，不離不棄。康蘇爾洛的回憶錄卻告訴我們，這位妻子因圍繞安東尼的年輕女子太多，以致心像被無數的「刺」刺痛，甚至「血流乾了」，得住進醫院接受治療；不過，康蘇爾洛還是深深愛著安東尼，最終她選擇睜隻眼閉隻眼，只專注於丈夫的好，「刺　就不見了」，並且在二人生死睽違之前，他們的通信總是情話綿綿的。〈我的玫瑰〉無論從安東尼還是康蘇爾洛的角度出發，應該都說得通；但從詩行中帶著性別區分的「妳」字推敲，〈我的玫瑰〉似更偏向安東尼忠於其妻的版本[2]。

　　以作品對應作品的話，則卡夫〈我的玫瑰〉實際與奧斯卡・王爾德（Oscar Wilde, 1854-1900）〈夜

2　　煞風景的解讀：安東尼對妻子的不忠視而不見，反而很保護她，由自己承受傷痛，原因是「我的心還是比妳紅」，比起妻子紅杏出牆，安東尼越軌得更加放肆，就不好意思亂管妻子了。

鶯與玫瑰〉（"The Nightingale and the Rose"）更加契合，受到了後者的影響。夜鶯為幫助年輕學生取得紅玫瑰，不惜犧牲自己——牠飛到玫瑰樹上，「將胸口壓向尖刺」，儘管「疼痛頓時傳遍」全身，「鮮紅的血液從體內流了出來……那刺越插越深，生命的血液漸漸溢去」，夜鶯還是繼續「把尖刺插得更深」；當發現由於心房未被刺透，以致「玫瑰花的花心尚留著白色」，義無反顧的夜鶯竟毅然讓玫瑰花刺穿心臟，結果花朵「終於變作鮮紅，花的外瓣紅如烈火，花的內心赤如絳玉」。卡夫詩對夜鶯是讚揚的，他說夜鶯「緊緊抱著」玫瑰，讓刺插進身體，彷如「不見」；最後夜鶯「血流乾了」，死在草間，但牠那顆為人付出的心，仍是赤「紅」耀眼，能夠感動後世的——可惜那需要紅玫瑰的年輕學生不懂。

　　卡夫從西洋文學借火，豐富了自身的截句詩創作，有如神話中的普羅米修斯（Prometheus）；名震二十世紀的小說家卡夫卡也寫過一篇〈普羅米修斯〉（"Prometheus"），結尾這樣說：「留下的是那不可

解釋的山崖。這個傳說試圖對這不可解釋之現象提
供解釋。由於它是從真實的基礎上產生的，最後必定
也以不可解釋告終。」[3]多麼像「誤讀」，多麼耐人
尋味。

---

[3]　法蘭茲・卡夫夫，〈普羅米修斯〉（"Prometheus"），葉廷
　　芳、黎奇合譯，《卡夫卡短篇傑作選》，葉廷芳編，再版
　　（臺北：志文出版社，2009）276。

中國長城建造時：
卡夫截句詩的自由聯想

余境熹

　　午飯後，我蒼老地，通體鼓脹，心臟略有些不舒服，躺在床上，一隻腳垂在地上，閱讀著一本歷史讀物。姑娘走了進來，兩隻手指抵在翹起的嘴唇上，通報一位客人的到來。「誰啊？」我問道。「一個中國人。」姑娘說。我半夢半醒地迎接這位陌生的來客，而他像給科學院做報告一樣，對我唸起了自己的「研究」。

　　卡夫〈沒有事發生〉：

　　　　一條老狗在舔天氣
　　　　一群條子在圍捕竄逃的風

　　一個老男人被年輕女人的聲音清洗著

　　懶洋洋的街道若無其事地坐了一個下午

　　卡夫此詩多少與魯迅〈示眾〉相對：「一條老狗在舔天氣」，彷彿〈示眾〉的「許多狗都拖出舌頭來」、「有幾隻狗伸出了舌頭喘氣」，同樣是以狗的舉動寫天氣之熱，分別只在數量上的「一條」與「幾隻」；「一群條子在圍捕竄逃的風」，說的是天氣太熱，員警也想捉住潛匿的風，好涼快一下，〈示眾〉則寫巡警陪著犯人在盛夏裡示眾——「一個是淡黃制服的掛刀的面黃肌瘦的巡警，手裡牽著繩頭，繩的那頭就拴在別一個穿藍布大衫上罩白背心的男人的臂膊上。」

　　另外，卡夫詩第三行「一個老男人被年輕女人的聲音清洗著」，說青春少艾可以洗去老男人炎熱中滯重的感覺，使人一身輕鬆。那麼，如果對方是年紀不輕的女人呢？魯迅〈示眾〉即有個禿髮的老頭子，他在觀看犯人時，因為「後面的一個抱著孩子的老媽子卻想乘機擠進來了」，恐怕失了位置，只好「連忙站

直」，無法鬆弛精神。這樣看，卡夫〈沒有事發生〉的第三行乃反寫了魯迅〈示眾〉，作出補充。

　〈沒有事發生〉的最後一行是「懶洋洋的街道若無其事地坐了一個下午」，這自然是〈示眾〉著意描寫的情景，雖然小說涉及的時段應為中午前後。魯迅在〈示眾〉的開頭寫道：「遠處隱隱有兩個銅盞相擊的聲音，使人憶起酸梅湯，依稀感到涼意，可是那懶懶的單調的金屬音的間作，卻使那寂靜更其深遠了。」他和卡夫都直接以「懶」渲染街上的氣氛。與魯迅互聯之後，複讀卡夫的〈沒有事發生〉，讀者不知是否能想到魯迅〈幾乎無事的悲劇〉裡寫的：「人們滅亡於英雄的特別的悲劇少，消磨於極平常的，或者簡直近於沒有事情的悲劇者多。」

　卡夫〈鏡子〉：

　　眼睛　用想也不能走近
　　只好假裝看不見
　　一絡長髮爬了出來

誰來認領

麥浚龍（麥允然，1984- ）導演的《殭屍》說的是中式鬼怪的故事，其中一幕是一隊陰兵撐著傘子行過狹窄的公共屋邨走廊，能看見他們的錢小豪、楊鳳等人深感恐怖，「眼睛　用想也不能走近」，唯有儘量靠向路邊，把目光移開，「假裝看不見」，楊鳳且本能地伸手擋住兒子小白的雙眼。

楊鳳的丈夫高俊文原來曾在家裡強姦上門補習的女學生，女學生姊妹反擊殺死色情狂，其中一人卻不慎戳傷自己要害，另一人亦因承受不了打擊，隨即自縊於吊扇之下，在現場死去。此後一段長時間，兩姊妹充滿怨念的鬼魂就留在單位之內，拖著「一絡長髮」，入夜時便「爬了出來」，謀害接近之人。道士阿友和九叔聯手把女鬼姊妹關進木櫃後，心懷鬼胎的九叔卻沒有依約誅滅惡靈，反而將之「認領」，想對她們施行借屍還魂的法術。豈料到最終，九叔煉出的殭屍法力太強，反將九叔殺害，兩姊妹的惡靈也從木

櫃逃出，揚動「一綹長髮」，飛「爬」在屋邨的牆上。順帶一提，鬼姊妹在電影中首次露面，便是在卡夫詩題所示的「鏡子」之中。

卡夫的〈此後〉：

> 淚水穿過淚水
> 繁殖更多的傷口
> 時間在時間裡腐爛
> 誰能超渡我

前面提到道士九叔煉出殭屍，來龍去脈是：街坊冬叔在樓梯摔下受傷，九叔則把他拋落樓梯，令他喪命；冬叔之妻梅姨未能接受丈夫身故，不知實情下，竟去央求九叔施法幫冬叔復活。梅姨因冬叔之死而「淚水穿過淚水」，終日心裡難受；但她的種種不捨、執著，徒然「繁殖更多的傷口」，不僅累冬叔屍骨無存，煉屍過程中還搭上了小男孩小白的性命，令母親楊鳳有了永遠無法療合的「傷口」。

　　梅姨自然也不是大奸大惡之人，只因老伴突然逝去而茫然失措，一念之差，才鑄成大錯。她不肯接受丈夫漸漸「在時間裡腐爛」的現實，倒行逆施，但到底冬叔的殭屍也只是有魄無魂；意識到美好的「時間」都隨丈夫之死而「腐爛」後，梅姨不能自已，心底愧疚自責地響起「誰能超渡我」的疑問，最終萬念俱灰，唯以鋒利的玻璃割頸自盡，「超渡」了自己，脫離現世的痛苦。

　　卡夫〈如果〉：

　　　前世不是一把弓
　　　今生怎能化身為箭
　　　奮力拉開天地
　　　哪裡是我的日月

　　最後這篇我解得就像猜謎了。姓「張」和姓「章」容易聽混淆，「弓長張」比「立早章」多，後者有時介紹自己姓氏，會說「文章的『章』」，不是

『弓長張』」。由於卡夫的詩以「不是一把弓」作開頭，我一讀，硬是想到一個文章的「章」字；然後在最末一行，看見「日月」，我又拼出一個「明」字來（可能受意識之流中「弓長」合體為「張」所影響），串成了「章明」這一名號。

　　章明（1961- ）是中國第六代導演的代表人物，他1996年拍攝的第一部電影《巫山雲雨》我十分喜歡。電影中，三十歲的麥強在三峽邊的揪石子信號臺上工作，徒弟馬兵帶麗麗給他解悶，麥強卻不為所動；後來在城裡遇見陳青，麥強卻很快和她發生關係，令馬兵大感驚訝。但麥強的出現令陳青的第二次婚事告吹，陳青生活變得困苦；麥強聽到消息後，竟從揪石子信號台隻身游過長江，重新來到陳青身邊。

　　據電影暗示，麥強曾在夢裡見過陳青，陳青可能也常聽到麥強呼喚自己的聲音，兩人有著「前世」姻緣；正是這種羈絆，讓生活平靜、波瀾不興的麥強「化身為箭」，直飆彼岸，「奮力拉開」感情上一度封閉的「天地」。因為故事發生在巫山，這也令我想起

杜甫〈詠懷古跡五首〉其一所說的：「漂泊西南天地間」、「三峽樓台淹日月」；麥強勇敢追上陳青，正是拉開了巫山的「天地」，不再淹沒在信號台單調的「日月」中，而找回富於生命力的「日月」──「天地」、「日月」，這些關鍵字眼，都見於卡夫的〈如果〉中。

　　大約過了三十三分鐘，這個中國人終於把話說完。我蓋上原先拿著的歷史讀物，沉思好一陣，腦袋裡有了古中國人把長城聯成一氣，或至少聯結兩個主體部分的畫面；而如果長城造得不連貫，它非但不能抵禦來自北方騎馬的敵人，它的存在本身亦有著經常性的危險。

　　我緩緩把自己站起，撐直了巨大的身軀。那中國人一看見，趕緊往外溜；我僅僅追到過道裡，就拽住了他。小心翼翼地，我拉著他的絲綢腰帶，把他拽進我的屋裡來，火紅滾著那黑色絲邊，所有語言都將倒錯[1]⋯⋯

---

[1]　本篇的開頭及結尾，均取自卡夫卡的文章而略作修改。見卡夫卡，〈〔中國人來訪〕〉，葉廷芳、黎奇譯，《卡夫卡短篇傑作選》，第239-240頁。新增的部分，則看讀者如何獨運匠心，另行詮解。

【跋】
詩葬

卡夫

漂流詩裡
孤島是詩人的墓碑

死亡　允許詩人
今生不再漂泊

我夢見截句

語言文學類　截句詩系34　PG2201

我夢見截句

作　　者 / 卡　夫
責任編輯 / 鄭夏華
圖文排版 / 周妤靜
封面原創設計 / 許水富
封面設計 / 王嵩賀

發 行 人 / 宋政坤
法律顧問 / 毛國樑　律師
出版發行 / 秀威資訊科技股份有限公司
　　　　　114台北市內湖區瑞光路76巷65號1樓
　　　　　電話：+886-2-2796-3638　傳真：+886-2-2796-1377
　　　　　http://www.showwe.com.tw
劃撥帳號 / 19563868　戶名：秀威資訊科技股份有限公司
　　　　　讀者服務信箱：service@showwe.com.tw
展售門市 / 國家書店（松江門市）
　　　　　104台北市中山區松江路209號1樓
　　　　　電話：+886-2-2518-0207　傳真：+886-2-2518-0778
網路訂購 / 秀威網路書店：https://store.showwe.tw
　　　　　國家網路書店：https://www.govbooks.com.tw

2019年4月　BOD一版
定價：440元
版權所有　翻印必究
本書如有缺頁、破損或裝訂錯誤，請寄回更換

國家圖書館出版品預行編目

我夢見截句 / 卡夫著. -- 一版. -- 臺北市：秀
　威資訊科技, 2019.04
　　　面；　公分. -- (語言文學類；PG2201)
(截句詩系；34)
　　BOD版
　　ISBN 978-986-326-649-5(平裝)

851.486　　　　　　　　　　107021648

讀者回函卡

感謝您購買本書，為提升服務品質，請填妥以下資料，將讀者回函卡直接寄回或傳真本公司，收到您的寶貴意見後，我們會收藏記錄及檢討，謝謝！
如您需要了解本公司最新出版書目、購書優惠或企劃活動，歡迎您上網查詢或下載相關資料：http:// www.showwe.com.tw

您購買的書名：＿＿＿＿＿＿＿＿＿＿＿＿＿＿＿＿＿＿＿＿＿＿＿＿

出生日期：＿＿＿＿＿年＿＿＿＿＿月＿＿＿＿＿日

學歷：□高中 (含) 以下　　□大專　　□研究所 (含) 以上

職業：□製造業　□金融業　□資訊業　□軍警　□傳播業　□自由業
　　　□服務業　□公務員　□教職　　□學生　□家管　　□其它＿＿＿＿

購書地點：□網路書店　□實體書店　□書展　□郵購　□贈閱　□其他

您從何得知本書的消息？

　□網路書店　□實體書店　□網路搜尋　□電子報　□書訊　□雜誌

　□傳播媒體　□親友推薦　□網站推薦　□部落格　□其他＿＿＿＿＿＿

您對本書的評價：(請填代號　1.非常滿意　2.滿意　3.尚可　4.再改進)

　封面設計＿＿＿　版面編排＿＿＿　內容＿＿＿　文／譯筆＿＿＿　價格＿＿＿

讀完書後您覺得：

　□很有收穫　□有收穫　□收穫不多　□沒收穫

對我們的建議：＿＿＿＿＿＿＿＿＿＿＿＿＿＿＿＿＿＿＿＿＿＿＿＿

＿＿＿＿＿＿＿＿＿＿＿＿＿＿＿＿＿＿＿＿＿＿＿＿＿＿＿＿＿＿＿＿

＿＿＿＿＿＿＿＿＿＿＿＿＿＿＿＿＿＿＿＿＿＿＿＿＿＿＿＿＿＿＿＿

＿＿＿＿＿＿＿＿＿＿＿＿＿＿＿＿＿＿＿＿＿＿＿＿＿＿＿＿＿＿＿＿

11466
台北市內湖區瑞光路 76 巷 65 號 1 樓

秀威資訊科技股份有限公司　　　收

BOD 數位出版事業部

....

（請沿線對折寄回，謝謝！）

姓　　名：＿＿＿＿＿＿＿＿　年齡：＿＿＿＿　性別：□女　□男

郵遞區號：□□□□□

地　　址：＿＿＿＿＿＿＿＿＿＿＿＿＿＿＿＿＿＿＿＿＿

聯絡電話：(日)＿＿＿＿＿＿＿＿　(夜)＿＿＿＿＿＿＿＿＿

E-mail：＿＿＿＿＿＿＿＿＿＿＿＿＿＿＿＿＿＿＿＿＿